U0544660

河畔小日子

荻上直子

詹慕如——譯

目次

「以後我們之間就沒有關係了。」

放學回來，難得看到母親靠在公寓前的灰色圍牆抽著菸。她發現我回來，把抽到一半的香菸叼在嘴裡，瞇著眼望向裊裊白煙，從化妝包裡取出攜帶式煙灰缸，最後又深吸了一大口，才把已經變得很短的菸塞進煙灰缸，噘起嘴朝旁邊吐出煙霧。初春時節，快下雨前的空氣濕濕黏黏，我下了自行車，汗水讓制服褲子緊黏著大腿。母親的指尖覆蓋著長到有點礙事的指甲，她捻著指頭打開褪色暗沉的老舊金色皮夾拉鍊，從裡面抽出兩張一萬圓鈔票遞給我。指甲油大概才剛重新塗過吧，發出的豔紅光澤與她那已經蒼老衰頹的手很不搭調。我收下那兩萬圓，母親冷冰冰地丟下這句話。聽起來既不覺得抱歉，也不覺得難過，她跟平時一樣皺著眉，感覺很不耐煩。我被拋棄了嗎？對，我被拋棄了。認知到這個事實的瞬間，公寓圍牆邊的蔥鬱綠意看起來似乎變得越來越深濃，襯著這綠意，母親嘴唇上的紅好像比指甲紅得更誇張，黏膩晶亮，彷彿化為另一種完全不同的生物。

睜開眼，視野裡滿滿都是濃重的灰雲。有一瞬間我想不起自己身在哪裡，發愣了半晌。爬起來看看眼前的河，碰觸到冰冷水泥地面後才想起，我正坐在河岸邊的堤防上，也已經不再是高中生，這才放下心。

這裡離入海河口不遠，附近有漁港，可以看到往來的漁船。假如河川入海的此處是河的終點，那河的起點在哪裡呢？如果耐心地一步一步走，有可能會抵達嗎？吃完中午的便當後，我躺在水泥地上想著這些，不知不覺就睡著了。背好痛。雖然說只是在夢裡，但也好久沒看到母親的長相了。大概是褲子貼在大腿上不舒服的感覺，還有這裏住全身的潮濕空氣，讓我做了不想做的夢吧？空氣中有跟當時一樣雨的味道。手臂上一陣刺痛，一看，原來是螞蟻爬了上來。我用手粗暴地拍掉，吐了一口苦苦的唾沫在螞蟻身上。觀察著那些淹沒在唾液裡不斷掙扎的螞蟻，耳邊傳來午休結束的鈴聲。我急忙起身，跑向工廠。

一年前，我在監獄裡迎接三十歲生日時忽然想到，假如只能活到六十歲，那人生也還剩下一半，這讓我不禁愕然。我覺得不需要那麼多。反正明天跟今天也沒什麼兩樣，每天都一成不變。只差在是陰是晴是雨、天氣冷暖罷了。不管身在監獄裡面還是外面，應該都差不多吧。所以出獄之後我才想住在河岸邊。不是那種都會裡兩岸蓋滿華廈或大樓的河川，最好是鄉下地方的大河，每逢颱風來襲就會氾濫的那種河。平常就得擔憂安全問題的鄉下河岸。人不太會死於偶然。天上不可能經常掉下鐵板，馬路也不會一天到晚塌陷，橋不會常常倒塌，電線桿也不至於隨隨便便就倒下。可是自然災害經常會發生。至少很可能會讓我們習以為常的日常突然消失。我想一直處於這種威脅之下，體會瀕臨邊緣的感覺。像我這樣可有可無的人，或許與死亡相伴而生更能真切地感受什麼叫活著。反正萬一有什麼狀況隨時可以跳進河裡。河畔的生活。不與任何人來往，只有我自己。我想就這樣安安靜靜、不驚擾人，悄悄過日子。

我在半年前出獄，結束了兩年刑期。每當出獄後接受更生保護機構的輔導，被問到對工作跟居住的期望時，腦中就會出現一張日本地圖。我不斷告訴他們，總之希望能在有條大河的地方工作。當然，最好是從沒去過的地方，一個沒有人認識我的地方。我原本沒怎麼放在心上，總覺得反正船到橋頭自然直，沒積極決定工作和居住地點，一轉眼就這樣在機構裡過了好幾個月。我一方面靠偶爾接到的日薪工作盡量賺錢，同時也很擔心再不決定去處很快就無處可去，心裡不斷掙扎。機構的職員看我雖然挺認真過日子卻遲遲沒確定工作也很不忍心，數度幫忙聯絡當地支援中心，熱心幫我斡旋工作。就在此時，那位職員有位年長女性朋友，剛好在協助更生人就業，她介紹了一位在北陸地方願意接納更生人的合作雇主。聽說是間製作鹽漬魷魚的工廠社長。既然是鹽漬魷魚工廠，應該離海不遠，有海就會有流入大海的河川，一想到這裡，我立刻拜託對方聯絡工廠社長。她對我的決定感到很開心，嘴角很不自然地上揚，笑著從包包裡取出一本小小的聖經讓我握在手裡，說上帝永遠陪伴在你左右。我馬上回到保護機構的房間收拾行李。我猶豫了片刻，要不要把她給的聖經放進包包，最後還是留在房間桌上，跳上了深夜巴士。當巴士窗外夜晚都會中心的燦爛光線漸漸沉寂，我才覺得終於從攪動自己的巨大齒輪中被釋放，稍微鬆了一口氣。

巴士抵達那個小鎮中心時，還是天未明的清晨。睡眠不足的我，頭重腳輕地走下巴士，初次踏上這個面日本海的地方，一陣潮香撲鼻。我在不靠海的地方長大，光是聞到這氣味就有種終於來到新天地的真實感覺，不自覺湧起一股期待嶄新開始的心情，但我叫自己得克制。畢竟我是個有前科的人。

走進巴士站附近唯一一間營業中的便利商店，把甜麵包和罐裝咖啡丟進購物籃，站著翻看店裡賣的地圖，把附近的地理狀況記在腦中。距離與工廠社長約好的時間還很充裕，我啃著麵包漫步在這陌生的街道。東邊天空泛白時，我來到海邊。往左右兩邊延伸的寬廣海岸上空無一人，我發現這好像是有生以來第一次看到清晨海景。

靠著腦中的地圖抵達了鹽漬工廠，位置就在港邊，如同我的猜想，果然有條大河流入附近的海灣。建築物上有塊寫著「澤田水產工業」的大招牌。穿著深藍工作服走出來的工廠社長露出親切笑容迎接我。年紀大概五十五歲左右，鬢角可以看到交雜的白髮，身高不高，但體格挺健壯。他主動伸出手來，緊緊握住我伸出的右手，大聲對我說：「要加油啊！知道嗎！」左手拍了拍我的肩。他的手臂肌肉結實、強而有力。不管是被緊握的右手，或是被他拍打的肩膀都很痛，我再怎麼勉強也擠不出禮貌性的笑容回應。

社長說，這個小工廠加上計時人員總共也只有二十個人左右。據說在我之前的員工只待了兩星期就辭職不幹，社長將他留下來的白色工作服交給我，穿上身後很寬大，應該是個體型高大的人吧。用腰帶硬是勒緊腰間，褲腳也摺了好幾摺，再穿上過大的橡膠長靴。戴上白帽後，社長領著一位跟我同樣身穿白色工作服的小個子女士到我面前。

「這位是資深員工中島太太，工作上的事都可以問她。」我打了聲招呼：「請多多指教。」中島太太一臉嚴肅地說：「頭髮全部塞進帽子裡，一根都不能露出來。」我重新戴好帽子。把手洗乾淨、戴上塑膠手套，用菜刀剖開魷魚。這個地方的螢光魷很有名，不過也可以捕到很多北魷，混了魷魚墨汁的鹽漬顏色烏黑，是一大特徵。戴著手套依然可以感受到魷魚身體滑膩的觸感，先用左手穩穩按住，然後挖出眼睛，再切分成內臟、身體、頭、骨板、腳。

中島太太很仔細地教我這一連串的步驟。她說剛開始慢點也無所謂，總之要依照她說的做。中島太太口氣雖然嚴厲，但除此之外不會多說什麼，觀察我的工作手法時也完全不會不耐煩，只有在我犯錯時會確實提醒。不知剖了幾隻魷魚，感覺這單調的步驟好像永遠也不會停止。重複著同樣動作後，身體就像變成了機器，心飛到很遠的地方。在監獄的工作也一樣，我並不討厭，我可能很適合這種不用動腦的工作。專注在一件事上時，有些瞬間腦中的思考會因為手上的動作而被解放，好像跳躍到另一個不屬於這裡的地方去。中島太太在斜對面的工作區眼神認真地剖著魷魚，同時不忘觀察我的狀況，偶爾還會伸手抓過我切的魷魚，確認過後才點頭放行。

「牟呼栗多」註，這間有著奇妙名字的公寓是工廠社長幫忙介紹的。剛開始我借用社長家的浴室，在工廠倉庫過夜。過了十天左右，社長說要介紹我一間價格合理的公寓。我告訴他距離遠一點也無所謂，但希望能住在河岸邊，他說剛好有個物件很適合。

社長事前已經跟房東打過招呼，星期天我一個人去看「牟呼栗多」。背對著大海，從工廠前的港口沿河而上。穿過大橋底下後，水泥地面立刻變成草叢，堤防一直長長延伸到前方。穿著統一制服的少年足球隊，正在河邊廣場投入地練習，揚起陣陣塵埃。帶狗散步的老夫婦悠閒漫步著。戴著安全帽的競賽自行車騎士颯爽地在堤防上駛遠。走了大約十五分鐘，遇到第二座橋，穿過橋下的水邊，有好幾間應該是街友搭起的藍色防水布小屋。

註　佛教經典中記載的一種時間單位，一日的三十分之一＝兩千八百八十秒＝四十八分鐘。
「剎那」為其最小單位。

我爬上堤防的斜坡，又走了五分鐘左右。社長說得沒錯，堤防下方那條路的對面。可以看見老舊磚牆和生鏽的大門。走下堤防過了馬路，我站在門前。門邊斜斜地掛著一塊小木片，上面用粗馬克筆像小孩般的筆跡寫著「牟呼栗多公寓」。打開門進去，眼前是老式兩層樓高的木造公寓，看起來相當破舊。一樓和二樓各有三個房間，一台已經很有歷史的雙槽洗衣機直接放在外梯下方。磚牆上掛著上下兩排原本應該是紅色、現在已經生鏽呈褐色的郵箱，總共有六個房間的郵箱。公寓前有花壇，開著粉紅和黃色小花。旁邊一棵看似蜜柑的果樹，上面結著青綠色小果實。

這棟充滿昭和氣息的公寓雖然老舊，但打掃得很乾淨，感覺一點也不髒。整棟建築物就像有人懷抱著珍惜之心、仔細使用的老道具。時間在這個空間中彷彿忘記了流動，有小時候常去玩的神社庭院那種令人懷念的氣味。

到了約定的時間，一個身穿東南亞風淡紫色翩翩長裙的女人，噠噠地踩著涼鞋下樓來。她哐啷哐啷響亮地晃著手上那串鑰匙，一看到我就點點頭打招呼，臉上沒什麼笑意。看起來比我年紀稍微大一點。黑色長髮及腰，大概是因為這身服裝的關係，女人散發出一種妖艷的氣息。她是房東嗎？在我的想像中房東應該是大嬸或婆婆那樣的年紀，出乎意料的年輕女性出現，讓我有點慌了神。

「我叫山田，是澤田水產工業的社長介紹我來的。」打過招呼後，這位應該是房東的女人面無表情地盯著我的眼睛：「我聽他說了。」她逕自大步走向一樓角落的房間，插進鑰匙、打開房門。「牟呼栗多」公寓一〇一號房。我跟在她身後走進房間。「三坪大的房間，有廚房、廁所，還有浴室。沒有很大。」房東一邊說明格局一邊打開房間的窗戶給屋裡換氣。太陽曬過之後的榻榻米還留有藺草香。我看看天花板，再打開壁櫃確認裡面沒有東西。「院子大家共用，洗的衣服請晾在那邊。」房東指向庭院左邊。穿上涼鞋好像就能從落地窗直接走進院子，左手邊有個晾衣竿，右手邊是一片小菜園。房東指向壁櫃：「這邊是東邊，所以這裡是西邊。」轉了一圈指著廚房：「也就是說這裡是北邊、那邊是南邊。」指出方位的同時她也自己又確認了一次。然後她轉向我忽然嚴肅了起來，「對了，我是這裡的房東，敝姓南。」她雙手交疊、鄭重地低頭行禮。

「這房子有五十年的歷史，以前住過很多人，不過還沒有人死在裡面過，你可以放心。」

說著，南小姐意味深長地淺笑了一下。到底要放什麼心呢？我也搞不懂。窗外吹來的涼風掠過我鼻尖，穿過房間。風中帶點河的氣味。

下班後走在黃昏的堤防上，我下意識開始計算河岸邊藍色防水布小屋的數量。兩個男街友在小屋旁邊放了類似蘋果箱的木盒箱，上面擺著將棋棋盤，在傍晚徐徐涼風中下著將棋。要是颱風一來，那些小屋應該三兩下就會全部被吹跑。住在那裡才真的能體會到瀕臨邊緣的感覺吧。我還沒有這麼強大的覺悟。公寓附近的堤防上有個小學三年級左右的女孩正在跳繩。她穿著過大的T恤，小小的膝蓋從短褲下露出來。瀏海剪得齊平，其他頭髮在腦後紮成一束，被汗水沾溼緊貼在她臉頰上。可能是住在同一棟公寓的孩子。她認真練習著雙迴旋跳繩，但是時機怎麼都抓不準、一直絆住腳，重複挑戰了好幾次。

我搬家的行李只有一個包包。在事先約好的時間來到公寓時，南小姐正戴著務農用的帽子在花壇旁邊拔草。她發現我來，站起來脫下棉布手套，從口袋裡取出鑰匙，面無表情地盯著我眼睛遞出鑰匙：「歡迎。」這個人一定不知道什麼叫諂媚假笑吧。她一定是個只在真正覺得有趣時才會笑的人。南小姐眼睛的黑眼珠好像比別人大，臉頰上散落著雀斑。「謝謝。」我接過鑰匙，南小姐穩穩點了頭，再次戴回棉布手套繼續拔草。

走進房間，這是間很單調無趣的房間。廚房裡有原本就在的小冰箱，三坪房間裡折疊小矮桌靠在牆邊沒打開，老舊的扁平床墊疊在房間一角。這是我借住在工廠時用的，社長事先開車幫我載了過來。現在什麼東西都還沒買，畢竟也不知道未來會發生什麼事，盡量不想增加太多東西。西曬的太陽將榻榻米染成橘色。打開窗，風吹了進來。至少得買個窗簾，該選什麼顏色好呢？我想了一會兒。

回頭想想，這還是我人生頭一次自己住一間房。都這個歲數了，聽起來可能很蠢，但第一次獨居的真實感受此時瞬間湧上，讓我忍不住揚起嘴角。窗簾就挑淡紫色的吧。我眼前浮現初次見面時南小姐身上那條裙子的顏色。還想買雙去院子穿的涼鞋。等發薪那天一定要去買。

在附熱水器的小浴缸裡放滿熱水泡了澡。不銹鋼浴缸又深又窄，不過可以無需顧慮時間限制泡澡就已經幸福極了。生活中的每件事情我都感到新鮮，對充滿新鮮感的自己有點難為情。我到底錯過了多少大部分人在這個年齡都已經歷過的事呢？

洗好澡，只穿著內褲，把便利商店買來的牛奶倒進杯子裡。我一直很喜歡洗完澡喝牛奶。在監獄時當然沒有這樣的自由，所以已經好幾年沒能體會這種洗好澡喝牛奶的滋味了。赤裸著上半身端坐著面對窗戶，感受著傍晚涼風一口氣喝下。不能在中途停下，一口氣喝下才是美味的秘訣。不知道為什麼，我總是會下意識地左手插腰，改不掉這個習慣。喝完後會自然發出「啊～」的聲音。我從小就莫名其妙喜歡用這種姿勢喝牛奶。當我還沉浸在「啊～」的餘韻中時，聽到玄關傳來敲門的聲音。我急忙穿上T恤去開門，眼前站著一個陌生男人。

「你好，我是住在隔壁的島田。多多指教。」

這個自稱島田的男人脖子上掛著一條泛黃的毛巾，臉上洋溢著無邪的笑容。他體型高大，臉曬得黝黑。大概已經好幾個月沒上理髮店了，頭髮留得很長，還有滿臉鬍渣。看他眼角深刻的皺紋，應該比我大十歲左右吧。找我什麼事呢？我對鄰居突然的拜訪感到滿心困惑，先簡單回了禮。

「你好，我是山田。」

聲音聽起來很冷淡。

「嗯，通常應該是搬來的人先來打招呼的。帶盒點心什麼的。」

「啊？」

「沒有啦，算了算了，這種事就不跟你計較了。對了，浴室可以借我一下嗎？我熱水器壞了，已經三天沒辦法洗澡。天氣越來越熱，真的很吃不消。」

說著，島田還聞聞自己的腋下。手上倒是已經拿好了臉盆。這傢伙還真厚臉皮。他大可去外面找公共澡堂啊。

「啊，你是不是在想，怎麼不去公共澡堂？」

竟然被說中了。難道我心裡想的都寫在臉上？

「果然沒錯，你一定是這麼想的吧。看你的表情就知道。哈哈哈！」

島田指著我哈哈大笑。這個人不只厚臉皮，還很沒禮貌。我不高興地沉默回看他。島田繼續說。

「現在公共澡堂要四百二十圓耶，太貴了吧。我這個人是個極簡主義者，也不怕你知道，我手頭並不寬裕。你才剛剛完澡吧？」

「啊？」

「這裡牆壁很薄。我都聽見了。好想洗澡喔，真的不行嗎？」

我頓時不知該怎麼回話。

「有什麼關係呢。就今天一次，拜託你了！」

島田把腳伸進門縫間卡著房門，打算靠他高大的身體硬是擠進房間。

「等等等等！不行啦，不行！」

不行不行不行。豈止是不行，我完全無法接受。我雙手推開島田的身體，用力關上房門。呼吸變得很急促。這突來的事件讓我情緒一陣波動。島田還在我房門外大叫：「浴室借我用啦～」太厚臉皮了。隔壁住的是這種人嗎？以後盡量別跟他打交道。好不容易才擁有只屬於自己的房間，可不想被任何人打擾。只要一個人待著就好。我只想一個人，安安靜靜、不顯眼的，悄悄地過日子。悄悄地是什麼意思？比方說，悄悄地死去？

在鹽漬工廠工作已經過了兩星期。斜對面的資深員工中島太太總是緊抿嘴角，熟練地動著菜刀。她這個人沒有一句多餘廢話，我也只能專心面對魷魚。正在工作時社長來了。

「嗯，看起來已經很習慣了嘛。」

他看著我剖開魷魚的手法這麼說。

「這工作很單調，所以很多人都覺得無聊，幹沒兩天就辭了，但是如果願意長久待下來，該給的我都會給。人只要願意認真工作，都有重新做人的機會。你要加油！」

社長用力拍拍我的肩。他聲音這麼大，中島太太可能會聽見的。我心驚膽戰地挑著眼偷偷看向中島太太那邊。中島太太還在默默剖開魷魚，也不知道她是沒聽見還是早就知道了。社長露出誠懇的笑容鼓勵我。那張臉上寫著：「我幫了需要幫助的人，真是做了好事啊。」他幫了我這麼多，我確實很感謝，但是社長的鼓勵有時會讓我有些喘不過氣來。

午休時間我會離開工廠呼吸新鮮空氣，空氣中一樣混著潮水的味道。看看皮夾，裡面只有一張千圓鈔票和幾個零錢。在工廠隔壁的商店用最後一張千圓鈔票買了一個麵包，爬上工廠旁邊的堤防，來到眼前可以眺望河川的地方。要爬上去得耗費相當的臂力，所以這裡沒有其他人會來。我平常都坐在這裡的水泥地上吃午餐。

這條注入工廠附近海灣的河川與公寓前那條河相連。河水毫不厭倦地往相同方向流動。我早就厭倦一直做同一件事的工作。今年魷魚的漁獲量比往年更好，當然工作量也增加了，如果動作不俐落一點，有時候還無法準時下班。潮濕沉重的空氣貼在臉上。明明才六月，天氣卻已經變熱。離發薪日還有六天，照這樣下去我的錢可能撐不到那時候。社長借我的錢都用在公寓的保證金上，不能再跟他借錢。我盡量慢慢吃麵包，不過還是一轉眼就吃完了。事到如今再思考是不是應該選飯糰，或許飽足感能撐得比較久也無濟於事。還有六天，該怎麼撐過去呢？沒被滿足的肚子加深了心裡的不安。

當時母親給的兩萬圓很快就花光了。高中早就沒再念。雖然說在便利商店打工的薪水勉強應付得了三餐，不過付不起與母親同住的公寓房租，一知道我可能付不出房租，房東老頭馬上要我搬走。他還不必要地多加上一句：「我又不是在做慈善。」像趕野貓一樣揮手趕我走。

我搖搖頭，想甩掉腦中老頭的臉，現在並不希望想起那老頭的長相。肩線位置不對的過大工作服不僅吸飽了汗水，好像也吸飽了高濕度的空氣，忽然變得很沉重。是不是該請公司重新給一件我的尺碼？還是他們覺得反正我遲早都會辭職？既然這樣那不如就辭了吧。但如果辭職，就不能再回到那個房間了。我躺在地上眺望著天空，覺得天上的雲動得好快。

走進公寓大門就聽見響亮的涼鞋聲，聲音大到好像是故意的，南小姐穿著長到快拖地的藍裙子跟跳繩少女一起走下樓。喔，所以跳繩少女是南小姐的孩子嗎？南小姐對我輕輕點頭致意，把停在磚牆邊的自行車牽到門外。她還是一樣冷淡。跳繩少女在附近堤防開始跳繩，南小姐撩起裙子騎上自行車，對少女揮揮手。目送南小姐騎自行車離開的背影，鼻腔深處彷彿聞到她留下的些微香味，很像印度的香味。我當然從來沒去過印度。

打開郵箱，發現一封信混在傳單裡，上面有「〇〇市公所福祉課」幾個字。這個市的名字我有印象，是以前跟母親同住的小鎮隔壁市。腦中第一個念頭是，母親該不會幹了什麼蠢事吧？這封通知書看起來絕對不是什麼好事，一定很麻煩。打開信封閱讀裡面的文章，很多艱澀的漢字，我沒辦法理解所有內容，好像跟母親無關。不過剛剛那個不好的預感似乎成真了，心臟很明顯地撲通跳了一下。我坐立難安，決定直接打電話去市公所。現在應該還沒下班吧。

出獄後買的預付式手機早就不能用。我走到堤防邊的電話亭，將寥寥幾枚零錢投入公共電話。打了通知書上寫的號碼後，接電話的女人要我稍等，我聽著電子旋律苦等了好一陣子，這期間不得不再次丟進十圓硬幣，我越來越不耐煩。終於接起電話的福祉課，男人高聲連珠砲似地開始說明，但是我聽著電話那頭講了一串，還是無法理解對方的意思，只有他口中「矢代大輔先生」這個名字留在我腦中。這個名字我有印象。我腦子很亂。我也不知道是因為不理解這些話的內容覺得混亂，還是雖然理解卻不想接受所以覺得混亂。我只知道現在對方所說的事是自己無法承擔、相當麻煩的事，頭中響起滋滋聲。我感覺到口中積了許多酸酸的唾液。

這時我從電話亭裡看到一對應該是父子的兩人並肩走在堤防上。之所以看起來奇怪，是因為這對父子穿著一模一樣的黑色西裝。介於老舊破爛跟有味道之間的黑色西裝。兒子大概小學三年級左右吧，父親很瘦，頭上已經可以看到夾雜的白髮。兩個人低頭的角度一模一樣，都盯著腳尖走，從走路方式來看，他們無疑是一對父子。把話筒放在耳邊，感受著頭中滋滋的高頻音，一邊看著那對身穿黑色西裝並肩前行的兩人，忽然覺得呼吸困難，額頭頓時冒出大量汗水。我這才發現電話亭裡很熱。我只想立刻離開這裡，對方還在說話，我果斷打斷他。

「這跟我沒有關係。」

對方沉默了一瞬間，然後又繼續往下說。這時電話突然斷了，話筒傳來拉長的嘟嘟聲。我急忙走出電話亭，一陣噁心感湧上，我彎身往地面吐口唾沫，腳邊立刻引來一排螞蟻。看了之後我更覺得噁心，鼻腔深處一股莫名的嗆辣液體從眼睛跟鼻子冒出來。好想喝水。剛剛那對父子的模樣變成我腦中揮不去的殘影。

離發薪日還有兩天，身上終於沒錢了。真的只剩下幾塊錢。當時如果不在公共電話用掉零錢，現在應該還有幾十圓，事到如今才後悔不應該浪費掉那些零錢。昨天用五十四圓買的烏龍麵杯麵是最後一餐。工作時還不會注意到飢餓，但很可惜今天是假日。我心想，睡著了大概就能忘掉飢餓吧，昨天晚上很早就睡了。可是人終歸沒辦法睡那麼久，早睡就會早起。今天早上很早就醒了，一直餓得受不了，但還是不想從被窩裡起來。因為就算起來，房間裡也找不到任何食物。

開始鳴叫的蟬聲聽來讓人極為煩躁。餓肚子真是件很不堪的事。光是餓，就足以叫人掉眼淚。真是沒用，好想死。蚊子一直在臉周圍盤旋，發出刺耳的聲音。幾天前開始天氣突然變熱，不開窗就睡不著覺，蚊子應該是從有點傾斜無法完全密合的紗窗縫隙跑進來的吧。為了盡量感受到風的涼意，我把床鋪在窗邊睡，但風完全沒吹進來。我試圖用手揮走飛來飛去的蚊子，但是連這種行為都可能耗損體力，太浪費了。右耳下方應該已經被蚊子叮過，癢得不得了，聽到蚊子的聲音，隨手往空中一抓，聲音戛然而止。打開手掌一看，被我捏死的蚊子正躺在些許血跡中抽動。太好了。小小的滿足。但耳朵下面好癢。

煩死了，我發狠地搔了一通，發現鬍子長長了。對了，我已經長大了。我已經不是當時那個什麼也辦不到的小孩。除了順手牽羊，沒有其他獲取食物的方法嗎？只能用偷的嗎？這樣跟小時候有什麼區別？要是被抓到又得回去牢裡蹲。好像也沒什麼不好，至少有東西吃。但就算想偷，現在的我也沒有足夠體力跟精神走去超市。

這種狀況還能再忍受兩天嗎？人光靠水可以活幾天？我會不會就這樣死掉？因為空腹而餓死？也不是沒有可能。沒辦法，畢竟我一開始就不走運，從出生的那一刻起。我的人生不過就是這樣。事到如今也沒有要埋怨的意思。就這樣靜靜別動吧。

反正我本來就覺得剩下的人生不到一半也無所謂，現在這樣也只是加快人生結束的速度而已。堆了幾個空杯麵和便利商店便當盒的廚房附近傳來蒼蠅盤旋聲。蒼蠅的聲音、蒼蠅的聲音。蒼蠅飛來飛去的聲音。

「我們發現矢代大輔先生的遺體，已經過世了好幾週……」

福祉課的人在電話那頭是這麼說的。好像死了。那個可能是我父親的男人，似乎孤獨地死了。

「遺體的狀態不好，所以我們直接火葬，現在遺骨在我們這裡保管著。」

狀態不好是什麼意思呢？我開始想像以前不知在哪裡看過上面有大量蛆蟲蠕動的遺體。遺體滲出的黑色液體在地上殘留死時的人形，還有惡臭。我回想起小時候，被母親揍了之後躲在隔壁家的屋簷下，在那裡看到的貓屍，發出一股直衝鼻腔深處的強烈惡臭。那真的是我父親嗎？我也不知道，但是當公所的人說出那個名字，我有種似曾相識的感覺，好像很久以前自己也曾經以同樣的姓被呼喚過。應該是在幼兒園念到一半的時候吧，母親改了姓。

「我們希望他前妻或者長男山田先生來領回遺骨，不過很不巧，聯絡不上他前妻……」

母親現在在哪裡、在做什麼呢？就算聯絡上了，我也不覺得她會去領取前夫的遺骨。但就算如此，也沒有由我去領的道理。因為我的少年時代之所以過得那麼絕望，都是因為這個人不在身邊的緣故。

大概是國中時期吧，每當肚子餓，我就會在內心暗自詛咒，臭老太婆快去死。當時母親已經很少回家，只是偶爾回來在桌上放個幾千圓。都是這老太婆害我餓肚子。肚子一餓就想起老太婆，搞得心情更差。開始偷東西也是那個時期。我在超市和便利商店偷過吃的，還有內衣、洗髮精等各種東西。三次中有一次會被逮到，不過第一次被發現時通常只要低下頭安靜不講話，對方多半會放我一馬。所以我自己訂下了規矩，曾經被抓過的地方絕不再去第二次。偶爾有些店家會說要聯絡家長，但是他們當然找不到我母親，只能找班導來。第一次被叫出來時，老師直接帶我到一間家庭餐廳，請我吃飯。班導很年輕，是個很受女生歡迎的男人。我狼吞虎嚥塞著食物，忽然抬起頭，發現老師正打量著我。那眼神就像看著一隻即將要被殺掉的可憐老鼠，讓我瞬間沒了食慾。我能上高中，都是因為當了我國中三年班導的這位老師，碰巧在母親在家時來訪，說服了她。母親沒怎麼發脾氣，很乾脆地答應讓我上高中。他算不上是個好老師，大概也無意扮演一個好老師，只是因為職責所在去學生家裡做家庭訪問的人罷了。

但事到如今，我可不希望在回想這些往事時結束人生。至少得從腦中把母親的身影趕走。不過那黏膩晶亮的鮮紅唇色還是如此清晰。鮮紅色黏黏膩膩，就像兩隻蛞蝓一樣，凸出眼睛從我脖子慢慢爬到耳朵。蒼蠅聲音好吵。啊啊，還不如快點死了算了。就這樣死掉，不會給任何人添麻煩。對了，這就是所謂的孤獨死吧。鮮紅蛞蝓從耳朵爬出來，另一個我正從天花板盯著我笑。他笑著說，你跟你爸的命運一樣。我微睜開眼，渙散地看著天花板笑了。敞開的落地窗傳來外面的吵鬧聲。院子裡好像有人。

「山田先生？」

窗外傳來喊聲。是鄰居島田。

「山田先生啊！」

我沒動，打定主意安安靜靜假裝睡著。

「山田先生？」

島田輕輕拉開紗窗，單膝跨進房間，拉長了身體偷偷看著躺在窗邊的我。耳邊可以感受到島田的呼吸。

「喂！你還好嗎？喂！你沒事吧！」

不動，動不了，我已經死了。我這樣告訴自己，緊閉著眼睛，島田伸出手來搖搖我的身體。我只好睜開眼睛，將視線移向島田那邊。

「什麼嘛，還活得好好的啊。啊，真是嚇死我了，還以為你死了呢。但是你睡在這麼悶熱的房間，真的會死掉啦。」

別管我了。我好不容易擠出力氣翻了身，背向島田。

「啊，動了。太好了。我可不希望鄰居中暑死掉啊。」

有那麼熱嗎？我的感官已經漸漸麻痺了。好像應該喝點水。

「這是我在院子裡摘的蔬菜，先放這邊喔。」

島田不知在窗邊地上放了什麼，然後關起紗窗。聽到他離開的聲音，我把身體轉向窗戶的方向。報紙上滾落著幾顆番茄和小黃瓜。紅色番茄、綠色小黃瓜。可能是我的幻覺吧。這只是因為餓過頭看到的幻影。我翻了個身坐起，拿起來一看，確實是真的。可以吃嗎？要給我的嗎？我拿起小黃瓜咬了一口。喀滋！清脆的聲響。那個瞬間，一絲苦味讓我全身發麻。原來小黃瓜是這種味道啊？這就是所謂的清新爽脆嗎？我三兩下吃完了小黃瓜，接著啃番茄。果皮綻破的同時，酸甜的味道擴散在整個嘴裡。閉上眼睛，我將所有神經集中在舌頭上感受美味。我一口一口咀嚼著島田放下的蔬菜，慢慢品味。看看庭院，島田正在菜園裡收成蔬菜。原來眼前這麼近的地方，長著簡簡單單就能摘取的食物。蔬菜長在田裡，這理所當然的事實讓我相當驚訝。我以為食物只存在便利商店或超市裡。我一邊啃著蔬菜，不自覺地流下了眼淚。

今天是發薪日、今天是發薪日，從早開始腦中一直複誦著這句話來熬過這一天。下班後我頭暈到幾乎站不直。換完衣服後社長來了。

「辛苦啦。哎，我真是鬆了一口氣啊，本來擔心你會不會很快就想辭職。其實過去這五年來，在工廠工作，睡在倉庫裡，過了十天之後人沒消失也沒偷東西的，你還是第二個呢。」社長笑出滿臉皺紋，開心地這麼說。我因為肚子太餓，什麼話也回不了，社長繼續說道。

「中島太太也說你很有慧根。這些鹽漬你拿去吧。下個月就繼續拜託你啦。還有這個。」社長把薪資條跟符合我尺碼的工作服交給我。我緊抱著這兩樣東西，放下了心中的大石頭。

回家路上經過超市，我耐不住餓，先買了馬上能吃的飯糰後，急忙走出店門站在超市前吃。不是在乎別人眼光的時候了。匆匆把飯糰塞進肚子裡緩和了飢餓感後，再次回去購物。我買了五公斤之前因為沒錢所以遲遲沒買的米。米很重，我步履蹣跚，好不容易才把米扛回公寓。

仔細地淘米，看到水變成白濁色，光是這樣就忍不住露出微笑。搬到這裡之後社長馬上送了我一個他已經不用的電鍋，我一直很想自己煮飯。

飯煮好之前先洗澡。我想以一種神聖的心情，來享受能在自己房間吃自己煮的飯這種喜悅，把身體每處都洗得乾乾淨淨。就像一種儀式。一想到再過不久就能吃到剛煮好的白飯，口水就忍不住冒出來。走出浴室，赤裸著上半身。拿出超市買回來冰在冰箱的牛奶，倒進杯子裡。正對著敞開的窗端坐好，我緊閉上眼睛，帶著神聖的心情一口氣喝下牛奶。冰涼的牛奶流入喉嚨中，滲透到胃裡，讓我一陣暈眩。喝完牛奶後，我在完美的時間點，發自內心「啊～」地發出一聲滿足的歎聲。

白飯好像還沒煮好，真是迫不及待。為了平息焦急的心情，我走出玄關想吹吹傍晚的涼風。外面天色已經有些暗。發出咕咕低沉聲響的應該是牛蛙吧，我坐在樓梯下方的台階上，用超市發的扇子搧涼。這時，二樓某間房間的房門打開，好像有人下樓來，我站起來仰頭往上看。啊，原來是他。之前曾經看過的那位穿黑西裝的父親，他身後穿黑西裝的兒子腳正跨在樓梯扶手上，屁股朝上、往下趴著滑了下來。我向兩人點頭致意。父親微微上揚嘴角，很客氣地對我點點頭。那表情就好像往一張原本就沒什麼福氣的臉上硬是貼上笑容。

「你好。我住在二〇一號房，敝姓溝口。這是我兒子洋一。喂，小鬼，過來打招呼。」

被父親叫小鬼的洋一沒看我的眼睛，稍稍低下頭。沒想到他們就住在我房間正上方。這巧合讓我很驚訝，也莫名地有點開心。我也回了對方一句。

「我姓山田。」

不過我這說話方式好像有點冷淡。我很後悔，應該更客氣一點才對，明明心裡很開心的啊。「我前幾天剛搬來，住在一〇一號房」，或者「往後還請多多指教」之類的，為什麼就說不出這些聽起來更好的招呼呢？我走回房間，感受著那對父子在身後離開的氣息，為自己的反應感到懊悔。

回到房間，電鍋正面的小指示燈已經由綠轉橘。飯煮好了。我深呼吸一口氣，慢慢打開電鍋蓋。一陣蒸氣冒出，難以言喻的米香撲鼻，叫人胸口悸動不已。馬上拿起飯杓盛了一大碗。儘量盛得漂亮、飽滿，壓出滿滿一大碗。把事先煮好的味噌湯跟剛蒸好的白飯放在小矮桌上。急忙打開從工廠帶回來兩瓶一組的鹽漬魷魚。面對自己的晚餐，端坐著雙手合十，說開動了。飯送到嘴邊，啊！怎麼會如此美味？好吃的米飯竟然這麼好吃。好吃到讓人掉淚。

打開瓶蓋，把鹽漬魷魚放在白飯上。魷魚深黑色的墨汁襯著白色米飯。無論是色彩或者味道，都具備了藝術性的協調。鹽漬果然得放在白飯上一起吃才行。我第一次發自內心感恩自己能在鹽漬工廠上班。已經吃了好一陣子便利商店的飯糰、便當還有杯麵，很久沒嚐到正常溫熱的米飯。我又添了尖尖一大碗飯，這才終於填飽了肚子。我用心細細品嚐著每一粒米飯。已經很久沒有這種獲得救贖的感覺。或許是因為這樣吧，我一時鬼迷心竅，想起還有一瓶沒開封的鹽漬魷魚，拿著瓶子走出房間，敲了敲隔壁房門，在門前等待。但過了好一會兒都沒人應門。正要轉身離開時，看到頭纏著毛巾的島田出現在公寓和磚牆之間。看來應該剛在菜園幹活，全身大汗淋漓。島田脫下身上的T恤，直接丟進樓梯下的雙槽洗衣機裡，接著也脫下了長褲，身上只剩下一件鬆鬆垮垮的四角褲時，才發現我的存在。

「山田啊，怎麼了？」

褲子也丟進了洗衣機裡，他搔著下垂的肚子轉向我。

「那個……這個算是謝謝你前陣子給我的蔬菜。」

我莫名地急了起來，像在找藉口似地將鹽漬瓶遞給島田，他剛剛抓肚子的手冷冷搶過鹽漬瓶直打量。

「鹽漬啊？喔，謝啦。」

看他毫不客氣的態度好像一點也不高興啊。我滿心後悔，早知道就別自作多情了，回房間正要關上門時，房門卻關不起來。低頭一看，門縫間夾著一隻腳。下個瞬間，房門豁地打開。我嚇了一跳，島田把鹽漬拿到我眼前。

「我說山田啊，如果想道謝，與其送我鹽漬不如借我浴室，怎麼樣？」

「啊？」

「這個還你。拜託啦，借我洗澡。你才剛洗過對吧？我剛剛下過田，現在全身黏答答的。」

「不、這個實在……」

「公共澡堂很貴耶，要四百二十圓，那可是一大筆錢。拜託啦，借我嘛，求你了。」

島田硬要把龐大的身體擠進我房間。

「等等，你突然這樣說，我總得做好心理準備啊……」

「哪需要什麼心理準備？水都已經燒開了，這不是都準備好了嗎。對吧！」

「可是……」

島田強行要進入我房間。

「等等等等……」

我用盡全力雙手去抵擋島田的身體，不想讓他再進來，可是島田也不認輸地把身體擠了進來。

再回神的時候，已經傳出島田拉長的「啊～」聲在浴室裡反響迴盪。到底怎麼回事？我呆呆站著，盯著被退回的鹽漬瓶滿心不解。

堤防的草地翠綠茂密。下班回家路上漫步時，自己的身影長長地延伸在地面。一個慢跑的男人超越我。快走近公寓時，看到南小姐的女兒在跳繩。她好像一直在挑戰雙迴旋，似乎還沒有成功。好幾次都被繩子絆住腳，然後再重新站好，表情相當認真。正因為她這麼認真，我也好奇為什麼練習得這麼勤快卻沒能成功，於是停下腳步觀察了一陣子。我猜想應該是時間點的問題。她甩動繩子的手跟跳躍的腳之間不連貫。如果可以快一點跳起來肯定能成功。我想給她建議，但我們只不過是住在同一棟公寓的關係，對她來說我可能就是個奇怪的大叔，突然開口擔心會嚇到她，猶豫片刻，還是離開了。河邊一棵樹下，一個身穿鮮綠色T恤的街友大叔正坐著眺望河面，滿足地抽著菸，彷彿時間在那裡流動得特別緩慢，看上去是那麼優雅。真叫人羨慕。但是不受任何束縛的自由，總是伴隨著不受任何保護、瀕臨邊緣的生存。若是我想，隨時都能走到那個境地。應該遠比想像中簡單吧。不過我強烈地告訴自己，現在還不是時候。現在還想繼續在我的房間裡，享受自己煮的白米飯。雖然已經是夏天了，不過躲在陰涼處還是可以享受舒適的風。他應該跟著陰影，一點一點在移動位置吧？

堤防下傳來奇妙的聲音。聽來好像是音樂、又不太像。有人在吹什麼樂器嗎？口琴？我很好奇，走下堤防來到河邊。循著聲音走去，看到黑色西裝父子檔的兒子洋一獨自坐在堤防邊一座小山上吹著口風琴。喔，對了，是口風琴的聲音啊，小學時好像吹過。那地方長滿了爬藤植物，形成一處草叢，讓整座山有一半照不到太陽。我走進草叢暗處，仔細一看，洋一坐的地方其實是座非法丟棄的垃圾山，有壞掉的書架、骯髒的布偶、兒童椅、真空管電視機、汽車輪胎等，靠著堤防邊堆成一座小山，大約比我的身高再高一點。有好幾台又老又髒的公共電話和舊式黑色家用電話包圍著這座山。我心想，這是墳場啊，無用之物的墳場。一回神，洋一正從垃圾山頂冷冷俯視著我。這裡是他的秘密基地嗎？洋一今天也穿著黑色西裝。口風琴的聲音早就停了。

「你好。」

我急忙跟他打招呼。洋一沉默地盯著我。

「這個地方很不錯呢。」

我試圖掩飾尷尬，不過他還是一語不發。我受不了這氣氛，打算轉身離開，忽然聽到口風琴吹出一個「mi」的音。轉過頭，他再次面無表情，「mi」又響起，第二次「mi」的音明顯感覺比第一次溫柔，他看著我的眼中並沒有怒氣。我想這代表他接受了我進入這個基地，於是點了頭說聲：「打擾了。」再次踏入草叢。我慢慢環視這座非法丟棄的垃圾山，走在山的周圍，裡面很多東西感覺都還堪用。靠近垃圾山往上爬了一步，物色起附近的東西，在其中發現一個老電風扇，拿起來看了看。

「這可以拿走嗎？」

洋一用口風琴吹了一聲「so」回答我的問題。聽起來不像否定的聲音，我把這聲音解釋為正面的回答，向他打過招呼後把電風扇帶了回家。

好熱，簡直快熱死了。那天是假日，我躺在窗邊鋪的床墊上。想裝的窗簾還沒買，太陽直接照進房間裡，讓房裡的氣溫更高。從垃圾山裡撿回來的電風扇正在我頭上勉強轉動著，發出隨時可能會壞掉的聲音。窗戶全都打開了，但是連一絲絲涼風都沒吹進來。窗外一陣喧鬧，看來那傢伙又到後院去了。

「熱死人了！夏天真的到了耶！」他刻意大聲說著這些理所當然的話。拜託了，今天可別過來啊。紗窗被粗暴地打開，島田的臉從窗外探進來。

「你打算睡到什麼時候？」

島田低頭看著我的睡臉，感覺很有意思地笑了起來。叫醒還在睡覺的鄰居有那麼好玩嗎？真煩。島田發現我頭上正在轉動的電風扇。

「啊！電風扇，你買了嗎？買了吧。竟然買了！怎麼？既然要買怎麼不乾脆買冷氣呢？」

他誇張地表示沮喪。我繼續閉著眼睛，翻了個身，背向島田說道。

「撿來的。」

「那幹嘛不撿台冷氣呢？真是的。」

搞不清楚狀況也該有個限度吧。我根本不想回他話。

「好了好了，天氣這麼好怎麼能一直睡覺呢？快起來啊！」

島田雙膝爬進我房間裡，伸手用小黃瓜尖端戳我臉頰。

「請、請不要這樣。」

好幾次揮開，島田還是再三用小黃瓜尖端戳向我的臉，我一個火大，猛然用右手搶過小黃瓜。我背向島田，仔細盯著那根搶過來的小黃瓜。小黃瓜長得真好。島田驕傲地說。

「這我種的。在這小不拉嘰的院子裡種的喔，厲害吧。」

沒錯，這根漂亮的小黃瓜是島田在院子裡種的。我翻身起來，看看窗外的院子。我房間右邊、島田房間前一直到他隔壁房間前，有一片雖然小但整理得很整齊的菜園。島田開心地露出滿臉笑容。

「喂，你要不要幫點忙？」

「啊？」

「幫幫忙嘛。」

「不、不用了吧。」

我乾脆地搖搖頭，但島田死纏著不放。

「一下子就好。」

「我很累。」

「就一下子嘛。」

「不行啦。」

明明已經斷然拒絕，不知道為什麼我現在竟然已經穿上島田借我的涼鞋、戴著草帽在菜園幫忙。島田實在很纏人。我依照島田的指示用剪刀採收番茄。每剪下一道番茄莖，就會聞到一股新鮮的香氣。原來這就是所謂青嫩的味道啊。正熟練打理著蔬菜的島田驕傲地說。

「這裡可以採收不少東西呢。有茄子，有小黃瓜跟番茄，馬鈴薯也很好吃。還有紫蘇跟韭菜。收成好的時候還可以分給附近鄰居。」

「上次幫了我大忙。」

「啊？」

島田一臉呆愣，沒聽懂我的意思。

「小黃瓜和番茄啊。那時候我剛搬來，還沒到發薪日，身上沒錢，真的快餓死了。」

「什麼嘛！這種事你怎麼不早說呢。快餓死了就要大聲說出『我快餓死了』，不然真的會餓死的。」

島田沒停下手上的活，繼續說道。

「你看，我不是過得很拮据嗎？光是要活下去就很不容易了。所以夏天期間希望盡量能自給自足，把現金存起來留到冬天用。」

我忍不住噗嗤笑了出來。

「你是螞蟻，螞蟻和蟋蟀裡的螞蟻。」

島田看起來不太喜歡這個稱呼：「我才不是螞蟻。我不是螞蟻，我是極簡主義者。」

「什麼？極……什麼？」

「極簡主義者。放棄所有地位、財產，崇尚簡單生活的人？」

「也就是說……。」

看我欲言又止，島田馬上聲明。

「不是。我才不是沒用的廢柴！大家都誤會大了，完全不一樣。我是有自己一套哲學的。」

他不服輸地說。

「但你還是需要一點錢吧？光靠哲學也不能修好浴室。」

聽到我這麼說，島田瞬間臉色一沉。

「我就是不行啊。我這個人完全無法融入社會，精神上也很脆弱。」

不過下一個瞬間，他立刻換上笑容。

「但是你看看這些漂亮的蔬菜。」

他拿起剛採收的蔬菜。

「這小黃瓜啊，切一切只沾美乃滋就超好吃的。阿山，你每天都只吃鹽漬鮲魚對吧？」

多管閒事。為什麼他知道我家的菜色。

「摸摸泥土流流汗，吃自己種的蔬菜，就會覺得活著真好，就連我也會這麼想。

這就是所謂自然的恩惠吧？」

島田誇張地將雙手伸向空中這麼說。就像老套戲碼裡的台詞。我還在胡思亂想，突然一個身穿運動服、體格健壯的男人出現在院子裡。他個子比島田還高，看起來很健壯，跟島田不一樣，渾身沒有一絲多餘的脂肪，線條相當緊實。他頂著一頭發亮的光頭，眼神銳利駭人。他瞥了我一眼後，把掛在脖子上的毛巾纏在光頭上，默默開始幫忙農務。島田對男人說。

「喂！」

男人對島田的聲音沒有反應，繼續默默工作。

「小元，這阿山。阿山，這是小元。」

「你好。」

我打了招呼，但男人沒有反應。

「這是我從小一起長大的朋友。」島田說。從他的面相看來應該不是尋常人。我開始想像起那個叫小元的男人背景，一定是屬於某個悖離社會規則的不良組織吧。

之後我們三人安安靜靜繼續工作。我依照島田的指示割除菜園裡茂密的雜草。看到處理完的地方漸漸變得乾淨漂亮，很有成就感，我也覺得越來越有意思，更加認真幹活。做了一陣子，T恤沾滿了汗，自己發出的臭味就像酸掉的醋一樣。這時我終於知道為什麼島田那麼想洗澡。之前被我拒絕沒能洗澡的島田，後來是怎麼處理的？在房間的廚房裡洗頭、沖冷水將就嗎？光是想像就覺得有點愧疚。那個叫小元的男人幹完活後就馬上走了。結果我跟他一句話都沒說。他銳利的視線讓我感到莫名恐懼，連最後的招呼都沒打。

洗完澡覺得渾身舒爽，這時太陽已經下山，一回神才發現島田也在我房間休息。放在窗邊的蚊香發出微微火光，一道細細白煙冉冉上升。電風扇依舊發出叫人不怎麼放心又不太中用的聲音轉動著。已經洗完澡的島田把電風扇的風轉向自己，搭配小矮桌上的鹽漬魷魚和蔬菜棒等下酒菜，擅自喝起我為了週末享用特地買回來的珍貴發泡酒。

「啊，真是太讚了！」

島田的聲音總是這麼大。他不只體型龐大、態度也總是大剌剌的。島田的肌膚竟然那麼有光澤，看了讓我莫名覺得不耐。我從冰箱拿出牛奶，倒在杯子裡，跟平時一樣面對窗戶端坐，赤裸著上半身一口氣喝完。啊！勞動之後的這一杯真是太美好了。我還沉浸在餘味中，島田對我說。

「怎麼？阿山，你洗好澡不是喝啤酒而是喝牛奶？跟小孩子一樣。」

我維持著端坐的姿勢，轉過頭臉朝向島田。

「可不可以不要隨便開我的冰箱。」

「好啦好啦好啦。」

「還有，請不要在我之前先洗澡。」

「好啦好啦好啦。有什麼關係呢，放輕鬆一點嘛。」

這男人基本上就是個很厚臉皮的人。別人稍微客氣一點，他就會抓住機會得寸進尺，大步大步踏進別人的領域裡。我還是很不能接受他這個樣子，從冰箱拿出我自己要喝的發泡酒，坐在島田對面，抓起眼前切得漂漂亮亮擺在盤子裡的小黃瓜吃。

「好吃！」

我忍不住出聲讚歎。

「是吧！我就說好吃吧。」

島田臉上浮現驕傲的笑

我還吃了紅蘿蔔。果然也很好吃。嘴巴裡發出清脆的響聲，紅蘿蔔的甘甜擴散在口中。

「很幸福吧。」

島田說。

「啊？」

我的身體瞬間靜止不動。這句話在內心深處掀起一陣波瀾。

「很幸福啊。你看，如果一個一個去發現這些小小的幸福，就算是這麼拮据的日子，也能過得下去啊。」

這就是所謂的幸福嗎？確實，過去的生活中，我連吃飯時發自內心覺得好吃的經驗都沒有過。可是這麼小的事情就稱得上是幸福嗎？我還在思考這個問題，島田繼續說道。

「本來就是這樣啊。像你不是也好好在工作嗎。」

「那是約聘的。隨時都可能被解約。很危險的。」

「這樣啊，所以你也過得很吃力啊。那更得來幫忙我種菜啊。」

「啊？」

要是養成習慣，每逢假日他就理所當然地要我去菜園裡幫忙，那可怎麼辦。島田彷彿已經看透了我在想什麼，他笑著說。

「哈哈哈，你也不用這個表情吧。」

我打開發泡酒來喝，掩飾自己的尷尬。

「一個人如果又窮又孤獨，當然會覺得自己走投無路，可是如果大聲說『我是個窮光蛋！』就一定會有辦法的。」

島田舉起右手開心地這麼說。真是這樣嗎？

「白天那個人，他也是那個嗎？極簡什麼的……。」

我想起那個叫小元的男人。

「你說極簡主義者嗎。不，小元是附近一間寺廟的和尚。別看他那個樣子，他真的會念經喔。不過最近很多人辦喪禮都不請和尚了，他好像也很頭痛。」

「和尚？」

所以才頂著一顆亮亮的光頭啊。不過那讓人畏懼的銳利目光，竟然可以跟佛祖溝通。真所謂人不可貌相啊。知道小元是和尚後，我問了島田一直很好奇的事。

「喪禮上請和尚要花多少錢？」

島田用筷子夾起鹽漬回答。

「各種價位都有啊。怎麼了？」

雖然有點猶豫，但大概是喝了發泡酒，話比平時多，不知不覺我竟然開始跟島田說起自己的事。

「之前收到公所的聯絡……要我去領回遺骨。」

「誰的？」

「可能是……我爸。」

「啊？」

「我四歲時父母離婚，我跟著我媽，所以幾乎沒有關於我爸的記憶。連長相都不記得。」

「所以呢？」

「……所以我就回答跟我沒關係。反正我也不知道該怎麼辦。」

說完之後我沉默了很久。島田放下筷子，好像在沉思著什麼，然後他用低沉的聲音平靜地說。

「不行啊。」

「啊？」

「不行啊，阿山，這樣是不行的。」

「可是對我來說他已經是陌生人了啊。如果去領回遺骨，接下來還得辦喪禮、找墓地什麼的，這些都很花錢……。」

「這些都無所謂吧。」

「我又沒有非領不可的義務吧。」

我好像在給自己找藉口，聲音忍不住大了起來。

「可是不管你父親是個什麼樣的人，都不能假裝他不存在啊。」

島田換上我從沒看過的嚴肅表情，甚至有點嚇人。

我把床墊鋪在窗邊躺下。隔壁房間一點聲音都沒有。島田睡著了嗎？關掉燈，黑暗中隱約能看見蚊香的一縷白煙。大概是聽了島田那些話的關係吧，我想起已經很久沒出現在腦中的小學時唯一好友八島，和曾喜歡過的三島。很久很久以前，我曾經被大家當作透明人。

我身上總是穿著同樣的骯髒褲子跟T恤，班上女生都嫌我臭，沒人想坐在我隔壁。說到朋友，只有嚴重口吃的八島一個人而已。除了我以外，八島幾乎不跟其他人說話，他總是安安靜靜待在教室角落，不想引人注意。八島偷偷告訴我，他會去醫院治療口吃。我很喜歡八島即將要開口說話、不斷重複第一個字時，那會抽動的左邊臉頰。

八島告訴我，隔壁班有個叫三島的女孩，她家裡沒有爸爸，媽媽生病住院，現在住在兒少安置機構裡。八島一邊口吃一邊說出的「兒少安置機構」幾個字，發音聽起來很可怕，讓我覺得很害怕，如果我母親住院，我是不是也得進去那裡？於是我開始向神明祈求，別讓母親生病住院。三島個性開朗成績又好，在學校很受歡迎。她總是打扮得乾乾淨淨，綁成兩條辮子的頭髮上裝飾著晶晶亮亮的髮飾。很明顯地，跟當時的我相比，她更能好好吃飯、過著更正常的生活，但儘管如此，我還是覺得住在兒少安置機構那種地方的三島比我更可憐。

八島後來上了私立國中。升上國中後第一個暑假，我在鎮上偶然遇見了八島。本來想叫他，但後來我沒出聲。正在跟同行朋友聊天的八島已經治好了口吃，正開心地大聲笑鬧著。那張臉看起來跟以前判若兩人。八島發現了我，然後別過臉去。那個瞬間我明白了，啊，原來如此，八島從此以後應該再也不會跟我說話了。對我來說，比起失去八島這個朋友，更讓我覺得遺憾的是，再也看不到八島要開口說話前那抽動的左邊臉頰了。

跟我上了同一間公立國中的三島變得越來越出色，還當上了班長，成為對我來說遙不可及的存在。二年級時我們同班，座位也很靠近。不知不覺中，我的視線總是追著三島跑。但是不管我的目光有多麼熾烈，三島絕對不會回應我的視線。她很明顯在躲避我。就好像她已經知道，在我眼中她比我自己更可憐。

事到如今我才想到，既然遲早都要拋棄我，母親乾脆在我更小的時候快點拋棄，這樣說不定我還可以進入跟三島同樣的兒少安置機構，跟她一起生活呢。這麼一來三島可能就不會對我視而不見。現在的我或許也會擁有完全不同、更好的人生。一想到這裡，就不由得憎恨起小時候曾經向神明做出無謂祈求、希望母親身體健康的自己。

那天母親那猶如鮮活生物般的紅唇再次出現在腦中，讓我喉嚨深處一陣苦。我急忙連續按了幾下想像中的按鍵，想將腦中的影像切換為小學時期三島的臉。

我在鹽漬工廠跟平時一樣工作著。腳邊的桶子默默裝滿了魷魚被拔下來的眼珠子。我跟許多魷魚眼珠視線相交。昨天島田低沉的聲音在我腦中迴響。

「不行啊，阿山，這樣是不行的。」

我試著用雙手拔出魷魚的眼睛。好多魷魚的眼睛瞪著我。突然覺得胸口好像被緊緊揪住一樣。我開始呼吸急促、坐立難安，急忙往工廠出口跑。視線邊緣可以瞄到一臉驚訝看著我的中島太太。為了調整呼吸，我勉強自己深呼吸了好幾次。島田的聲音在腦中反覆迴響。我就地坐下，肩膀上下起伏粗喘著氣，這時有個人輕撫我的背。是中島太太。她小小的手帶著溫暖的熱度，很難想像直到剛剛她還在處理冰冷的魷魚。中島太太緊抿著嘴角，靜靜地、但有力地撫著我的背。

隔天早上我打電話到工廠說身體不舒服要請假，然後走向長程巴士轉運站。我還沒有決定要不要領回，但總之，想先去一趟保管父親遺骨的那個公所。那個城市就在我出生長大的小鎮旁邊。大概是風向的關係吧，現在並沒有聞到第一次來到工廠所在小鎮時聞到的海潮香氣。巴士來時，有一瞬間我腦中掠過可能再也不會回到這裡的念頭，猶豫了片刻。不過現在如果不去，可能再也不會冒出想去的念頭了。

我想起那些瞪著我的魷魚眼珠，趁勢搭上了巴士。巴士從天空開闊的原野漸漸駛向內陸，周圍的風景轉換為山景。我繼續搭著巴士前往中部地方的小鎮。那地方就在我出生長大、跟母親一起生活過的小鎮附近，我曾經下定決心，再也不會回來這裡。

與母親同住的公寓房間總是很凌亂。待在家裡的母親要不是心情不好，就是喝醉了。心情不好時，我一說話她就生氣，一有動作她也生氣，所以我會提醒自己盡量老老實實，別弄出太多動靜。我不斷告訴自己，我人雖然在這裡，但是要當個不在這裡的透明人。喝醉後回家的母親通常都不換衣服也不洗臉，直接躺在從不疊起的床墊上，大聲念起某種特別的咒語。我小學二年級時終於知道，那不是什麼咒語，而是她倒著念九九乘法表中「七」的那一行。於是我放學後在家裡拚命背九九乘法表，出門工作前的傍晚，正在化妝的母親忽然停下動作，隔著鏡子看著我微笑。平常看到我只會緊皺著眉頭、表現得很不耐煩的母親，我還是第一次看她那樣微笑，我開心得不得了，拚了命地認真背誦九九乘法表。

母親每年會丟下我去旅行一、兩次。旅行之前母親心情大好，會給我很多零用錢。她比平常花更多時間仔細化妝，拎個大包包對我說，我後天回家喔，只有這種時候她會親親我的臉頰，在我臉頰留下紅色的痕跡。口紅獨特的氣味包覆著我，我很害怕那沾附在臉頰上的紅色會逐漸繁殖、把我整個人吞沒，母親一離開就馬上拿肥皂用力搓洗掉臉頰上的痕跡，但往往很難洗掉，用手指去擦，痕跡又會沾在手指上，我會在家裡各種地方摩擦，希望能盡快逃離那紅色。臉頰上沾了紅色痕跡的日子總是因為太過不安而睡不好。我會用棉被蒙著頭，模仿母親倒著大聲背誦九九乘法表中七的那一行。對年幼的我來說，這件事漸漸成為我失眠日的一種儀式。七九六十三、七八五十六、七七四十九……。

被趕出與母親同住的公寓後，我一直寄住在其他人家。當時我跟在電子遊戲場結識的夥伴三人一起到處偷東西。有一次在超市被專抓扒竊的警衛發現，千鈞一髮之際，其他兩個人自顧自地跑了，只有我被抓。我被帶到警察局去，不過因為是初犯沒有被起訴。被放出來後我聯絡其中一個一起偷東西的夥伴，住在他家，但是住了兩天之後他母親對我說，我不希望兒子跟你這種人來往，我離開了他家。轉而到另一個夥伴的公寓去，結果他的女友也來一起住。半夜睡到一半，那女人全身赤裸騎在我身上。睡在旁邊的他發現之後，我當然沒辦法繼續住下去。之後我陸續寄住在稱得上熟人的家裡。過兩、三天屋主就會受不了，我馬上再搬去其他人家，或者住到路上找我搭話的女孩家裡。厭倦了這種搬來搬去的日子，我開始想去一個沒有人認識我的地方，於是決定去東京，在一個提供完備宿舍的工地工作。工地很多大叔看起來都很嚇人，但是我對日薪沒什麼不滿，只要努力工作就能獲得肯定。就在我盤算著存了錢後總有一天要自己租間公寓時，我跟宿舍同寢室的奈及利亞人吵架了。他把妻兒留在自己國家，隻身來日本賺錢。每天晚上都很認真地學日文。可是他大概很想馬上應用學會的日文吧，嘴巴總是停不下來，他一直找我說話讓我覺得很煩。你日薪多少？昨天吃什麼？明天幾點要起來？什麼都愛問。我知道他這麼愛說話不僅僅是因為想快點學會日文，一定是因為寂寞吧。雖然知道這點，但我不知道該怎麼善待他。他的煩人讓我終於受不了，對他大吼了一聲「別煩我！」結果他說我這是種族歧視。我覺得麻煩沒理他，他就用自己國家的語言開始大聲唱歌。我客客氣氣地拜託他，明天還得早起，請他讓我睡覺，但他還是故意繼續唱歌騷擾我，我忍不住揍了他，工作也丟了。之後被趕出員工宿舍，睡在網咖裡。

過了二十五歲，之前沒停過的日薪工作數量頓時減少。有認識的人介紹我好賺錢的工作，我跟著去了，在一個看上去就超級可疑的辦公室裡收到一套西裝。他們要我穿上之後前往指定地方收下包裹。我知道這絕對不是什麼正經工作，但是我心裡並沒有拒絕的選項。當我因為詐騙集團車手的罪名被捕時，因為有竊盜被捕的紀錄，被判處了兩年徒刑不得緩刑。於是我便在監獄裡迎接三十歲。

我別開眼不去看巴士車窗外的景色。身為獨自死去的父親和那樣的母親生的孩子，我的起跑線早就遠遠落後任何人。我閉上眼睛打算睡覺，深怕腦袋再次被那鮮紅黏膩的生物佔據。

換乘巴士過了三個多小時，我終於來到父親遺骨所在的小鎮，前往寄來通知書的市公所。詢問了福祉課後，等了一會兒，一個看似負責這件事的男人出現。男人短髮梳理得很整齊，身上穿著沒有一絲皺褶的西裝，給人感覺乾乾淨淨，他領我來到一個小房間，遞出名片後挺直身子站好，自稱姓堤下。這個人站姿筆挺，說起話來有條不紊，感覺年紀是會大我很多，但其實應該還不到四十歲吧。堤下對我說明了父親的死亡狀況。他把裝在袋子裡的遺物交給我，要我確認內容。裡面有存摺、印鑑、手錶、手機、過期的駕照。我看著駕照上的大頭照，一個不認識的男人。一點都不覺得這個人是我父親。不覺得我們長得像，也一絲感情都沒有。看看駕照上的出生年月日確認年齡，他應該五十八歲。年紀還輕，大概過著很不健康的生活吧。這樣算來是二十七歲時生下我，很年輕就有了孩子。這些對我來說就好像別人家的事一樣。我無法想像現在的自己如果有孩子會是什麼樣的狀況。聽說他過世之前一邊接受政府的生活補助金，一邊在長照機構裡打工當清潔人員。翻翻存摺，餘額只有幾百圓。火葬費先用房間裡的現金相抵，其他由地方政府負擔。堤下語氣平靜的問我有沒有辦法支付地方政府負擔的這部份金額。我急忙搖搖頭，像在找藉口般地說自己才剛出獄，連正常生活都還很吃力，堤下只是面不改色點點頭表示知道了。看來好像可以不用支付。結束一連串行政手續後，我被帶到保管遺骨的地方。

我跟在堤下身後走進那個房間。整個房間，從地板到天花板的牆壁，就像沒有門的置物櫃，裡面密密麻麻排著許多骨灰罐。堤下老練地戴上白手套，比對手上筆記內記載的號碼，取出一個白陶骨灰罐。他仔細將骨灰罐放在不銹鋼台上。

「這就是矢代大輔先生的遺骨。」

堤下的用字遣詞很客氣。我環視整個房間一圈，對這裡擺放這麼多骨灰罐感到驚愕。

「該不會這裡全都是……。」

「無人領取的遺骨。我們會保管一年，假如沒有人領回，就會埋在共同墓地裡。」

堤下冷靜地說。我一時不知道該怎麼回話。「其中也有不知道名字的遺骨。」

「也就是……。」

「例如街友之類的。」

「請問……我父親火葬的時候，堤下先生也在嗎？」

父親這兩個字，說出口時有點猶豫。

「是的，是我去送他的。」

「其他還有誰在嗎……？」

「除了火葬場的人以外，只有我一個人。」

「這樣啊。真是謝謝你。」

「哪裡。」

堤下從塑膠袋裡拿出一塊嶄新白布，開始仔仔細細包裹起骨灰罐。

「他最後是什麼表情？」

其實也沒有特別想知道，但我還是問了。堤下有些欲言又止。

「這實在有點難以啟齒……。」

「不要緊的。」

「可能也因為是這個季節的關係，他臉上的表情已經很難判斷……。」

肉體逐漸腐爛，遺體也逐漸發黑了。堤下繼續說道。

「不過遺體火化之後，留下了很漂亮的觀音骨，一定是他生前行善積德的關係吧。」

我忍不住想噴笑。一個生前行善積德的人，怎麼會落得獨自腐臭死去的下場？

堤下瞥了我一眼，平靜地說。

「既然都來了，您要不要看看觀音骨？」

「啊？」

「要看嗎？」

「呃，好啊。」

提下在不銹鋼台上攤開白布，打開骨灰罐蓋。他從抽屜取出專用的白色筷子，用右手拿著，從骨灰罐裡夾起一塊骨頭。他把那塊骨頭放在不銹鋼台上，平靜地說。

「能留下這麼漂亮的觀音骨真是很少見。你看，是不是很像佛陀在胸前合掌？」

我一直盯著那塊小小的骨頭。那塊父親的觀音骨——

回程的巴士中，望著已經昏暗的窗外景色，第一次仔細思考死去父親的事。原來父親一個人生活在離我跟母親住處不遠的地方。父親跟母親到底是怎麼認識的？母親沒說，我也不可能問母親關於父親的事。我一直到很大都改不掉尿床的毛病，每次我又尿床，母親就會毫不留情地打我的頭，「都是因為你像那個笨蛋」。「那個笨蛋」指的是誰自然不用多問。不只是尿床，跌倒擦破膝蓋、踩空公寓樓梯摔下去、打翻牛奶弄髒地毯，每次母親都會生氣地說「都是因為你像那個笨蛋」。所以我所知道的父親資訊只有「那個笨蛋」。

老後已經完全沒有積蓄的男人，在此結束一生或許也不壞。就算活著，往後想必也沒什麼好日子吧。沒有錢、沒有家人，這個人究竟要依靠什麼活下去？可是猛一想我又驚覺，現在我的狀況完全一樣。沒有錢也沒有家人的我，到底要靠什麼活下去？什麼也沒有。一點也沒有。我低頭看看胸前懷抱的遺骨，一想到我說不定也會像這樣一個人死去，就有種好像被人從身後推進漆黑深洞裡的感覺。一個人死去、一個人腐朽。就算有同樣的血緣，父親的存在還是太遙遠。我忽然很想跟人說說話。誰都好。我不想一個人待著。可是在這個世界上沒有任何人會等我回家。

下個假日，我再次前往垃圾山尋找適合的層架。洋一不在，但是垃圾山附近，有個我之前看過身上穿著同一件鮮綠T恤的街友大叔，正在地上到處張望，把空罐撿起丟進大塑膠袋裡。在垃圾山裡找了一會兒，馬上發現一個高度到我胸前、滿是塵埃的鐵架。我打算把架子從垃圾山上搬下來，沒想到意外地重，好不容易拖到地面，正在喘氣休息，那個撿空罐的大叔直盯著我的臉。大叔臉色黝黑，額頭上有一片燒傷痕跡般的疤痕。我下意識別開視線。感覺好像看了什麼不該看的東西，腋下流出惱人的汗。我的視線繼續避開大叔，問道。

「那個……請問這個可以拿嗎？」

我想這應該不是他的東西，但也不知道為什麼，不自覺就用上客氣的口吻。大叔背向我。

「香菸還是酒？」

他冷冷地這麼說。是要我用香菸或者酒去交換嗎？大叔只丟下這句話就馬上回頭去找空罐了。我一頭霧水地看著他背影呆站了一陣子。

我把帶回來的層架用抹布仔細擦乾淨，放在廚房一角。層架的支腳有點搖晃，但我沒在意，把父親的骨灰罐放在最上面一層。

我把這個月的房租放進褐色信封裡，走出房間要拿去給南小姐。一個從沒見過的婆婆叼著菸，手持水管前端正給花壇澆水。婆婆把一頭漂亮的白髮梳得很整齊，她穿著綠色及膝裙，明明是夏天，還是披了一件灰色開襟衫。胸前別了葡萄形狀的大別針。婆婆一看到我，就呼地吐出一口煙，跟我搭話。

「再過一個月就會開白色的花。叫圓錐鐵線蓮，會有淡淡的甘甜香氣喔。」

「喔。」

「像這種東西如果悉心照料就會長得可愛，但是放著不管就只是普通的雜草。其實什麼東西都一樣。」婆婆微笑著說。嘎嘎的沙啞聲很適合她。

我爬上公寓樓梯，敲了敲二〇三號的房門，「來了~」房間裡傳出南小姐的回應聲。

房門打開，南小姐來到外面走廊。大概正在做清潔工作，她把沾濕的手在向日葵圖案的半身圍裙上擦乾。我偷偷瞄了一下屋裡，只有二樓這間房間改裝成兩房併為一房的格局，比其他房間都大。房間裡整理得很整齊。瞥到一隻紅色金魚正在房間後方的金魚缸裡自在悠游。我把放在褐色信封裡的房租交給南小姐。

「這是這個月的……。」

南小姐臉上沒有一絲微笑，木然接過信封，從裡面取出現金，像銀行的人一樣把鈔票夾在左手中指和無名指之間，用右手拇指和食指一張一張搓開鈔票，小聲喃喃地數著數，帥氣地點鈔。她細長的手指動作準確且華麗，看多久也看不厭。我心想，下次要把一萬圓鈔票全部換成千圓鈔票給她。數完之後南小姐乾脆地說了聲。

「好，確實收到了。」

她很快又把鈔票放回信封、收進圍裙右邊口袋，從左邊口袋拿出某個東西遞給我。

「給你的獎勵。」

那是一顆用紙包起來的森永牛奶糖。

「會按時在指定日期交房租的人很稀奇呢。」

她意味深長地彎起嘴角笑著這麼說。接過牛奶糖的我，心情就像真的收到獎勵的小孩一樣，忍不住笑開懷。南小姐將視線移到我身後的堤防，深深吐出一口氣。

「那是我女兒，佳代子。遇到她不會的事就會一直試到學會為止。還蠻有毅力的。」

我轉頭望向南小姐的視線前方，南小姐的女兒正在堤防上練習雙迴旋跳繩。啊，只要調整一下時間其實馬上就能成功的啊，真想告訴她，我轉回來面向南小姐正要開口時。

「那我先失陪了。」

南小姐走回房間，在我眼前砰地一聲關上房門。南小姐結束對話的方式實在是太乾脆，我盯著房門呆了半晌。本來還想再多說幾句的。帶著幾分遺憾的心情，慢慢走下樓。南小姐的丈夫是個什麼樣的人？對了，好像從來沒看過她丈夫，連一點存在的跡象都沒有。該不會她沒有丈夫？是單親媽媽嗎？在腦中的幻想繼續膨脹之前，我急忙將她給我的牛奶糖放進嘴裡。甜味一瞬間在嘴巴裡擴散，是令人懷念的味道。幾年沒吃過牛奶糖了。下了樓，看看花壇，剛剛的婆婆已經不在了。回到房間後我用牛奶糖包裝紙摺了紙鶴，放在父親的骨灰罐前。

電鍋冒出蒸氣。米飯炊好的香味充滿整個房間。我煮了味噌湯，又烤了魚。飯應該快煮好了吧，這時傳來敲門聲。仗著房裡沒值錢東西可偷所以沒上鎖這一點是我不對，島田就這樣擅自打開我房門，走了進來。

「你好啊。喔！飯好香啊。」

島田手上拿著自己的飯碗，腋下夾著個瓶子。

「時間不會算得太準了一點嗎？」

我故意誇張地嘆了口氣，但是這一點也傷不了島田。島田把飯碗跟瓶子放在爐台旁邊，打開味噌湯的湯鍋看看裡面。

「吃飯這種事啊，比起一個人還是跟別人一起才好吃。」

看來他已經打定主意要在我這裡吃晚餐。島田看了一眼架子上的骨灰罐，露出驚訝的表情，「啊！這是……」

我點點頭說，「我去領回來了。」

「嗯！很好很好，阿山。沒錯，應該這樣的。」

他在遺骨前閉上眼睛，雙手合十。我在自己飯碗裡裝好飯，跟鹽漬一起端到小矮桌上。

「阿山他爸，您要好好保佑他啊。」

島田語氣嚴肅地說，然後對遺骨行了一禮。我舀了自己的味噌湯，把烤魚裝進盤子裡，跟筷子一起放上小矮桌。

「他一定不記得我了啦。」

因為聽了島田那番話才去領取父親遺骨，這件事讓我有些難為情，不禁彆扭了起來。

「那誰知道呢。」

小矮桌上擺了味噌湯、剛煮好的白飯、一條烤魚，還有鹽漬。坐在準備好的晚餐前，我合掌後開動。島田說了聲：「我自己來喔。」沒等我點頭就自己盛了一碗飯。

「這些飯我明天要做成飯糰帶去上班的。」

我不高興地說。

「知道了知道了，就吃一碗，不會再添。」

島田又擅自盛了一碗味噌湯，坐在我對面。他像變戲法一樣從胸前口袋取出折疊筷，看著眼前擺放的晚餐笑得很開心。沒想到他竟然還自備筷子。我訝異得說不出話，只能搖搖頭。「哎呀！差點忘了。」島田再次站起來，把放在爐台邊的瓶子拿回來，再次坐好。島田開心地打開瓶蓋，從裡面夾出醃漬蔬菜放在烤魚旁邊。

「這我自己做的。醃得剛剛好呢。我開動了！」

說著，島田也開始吃飯。

「好吃！阿山，你根本是煮飯天才！」

島田說著些無關緊要的客套讚美。他做的醃菜有紅蘿蔔、小黃瓜、白蘿蔔、彩椒，顏色搭配很漂亮。我試著吃了一口醃彩椒。確實，醃得很好吃。我覺得島田才是醃菜的天才，但他這個人聽到誇讚一定會踱到得意忘形，所以我沒說。忽然想到住在我正上方的那對父子，問島田。

「住在我樓上那對常穿黑色西裝的父子……」

「你說溝口？」

「對，溝口先生。他是做什麼的？」

「好奇啊？」

島田把筷子伸向只有一條的烤魚。完全不知道什麼叫客氣。我也急忙伸出筷子，怕魚被島田吃掉。

「他們父子兩個人會一起登門拜訪，推銷墓碑。」

「墓碑……」

「但是好像賣不太出去。他老婆很早之前就跑了，後來溝口先生頭髮一口氣都白了。」

「這樣啊。」

原來溝口家是單親家庭啊。每次看到洋一都有種鼻酸的感覺。我也不知道為什麼，現在想想，可能是在他身上看到小時候的自己了吧。他偶爾會露出的寂寞神情，是不是因為被母親拋棄的關係？接著，我又問了島田自己最好奇的一件事。

「那南小姐呢？」

我一邊把飯送進嘴裡，盡量裝作若無其事地問。

「南小姐怎麼了？」

「南小姐她、她先生呢……？」

看我吞吞吐吐的樣子，島田盯著我打量了一陣子後放聲大笑。

「怎麼阿山？對人家有意思？」

「不是啦！」

我急忙否認，但島田用筷子前端指向我。

「被我說中了吧，哈哈哈哈！」

他大聲地笑。我耳後瞬間發燙，囫圇吞下嘴裡的食物。島田喝著味噌湯，樂呵呵地說。

「南小姐是不可能的啦，你死心吧。她超愛她老公的。」

島田這態度讓我很生氣。

「我又不是那個意思！」

我毫不客氣地回嘴。島田張開大嘴塞了滿口的飯，做出一個特別誇張的笑臉。

「不過人已經死了啦。」

啊？我抬頭看著島田。

「生病過世的嗎？」

「癌症啦，癌症。沒多久人就走了。已經是五年前的事了吧。」

看到我的反應島田更高興地回答。難怪我覺得南小姐身邊沒有丈夫的影子，她果然是單親媽媽，而且已經過了五年。島田嚼著醃紅蘿蔔說。

「可是南小姐直到現在心裡還是只有她老公。看了幾乎叫人心疼啊。」

「你怎麼知道？」

我手裡還拿著飯碗，但停下筷子不動。

「這種事看也知道啊。」看島田說得那麼得意，讓我有點火大。

「是嗎？」

「怎麼，覺得像我這種人不會懂女人心是嗎？」

「對啊。」

老實回答之後自己也覺得好笑，忍不住從鼻子噴出一口氣。島田沒好氣地瞪著我。聽到南小姐的丈夫已經去世，我莫名鬆了口氣。其實我心裡沒有任何期待，也不覺得南小姐跟我之間會有任何發展。南小姐對我來說，就像是伸手無法觸及的光。是支撐我度過每一天的小小光亮。

趁我停下筷子，島田拿起空碗站了起來。

「啊，等等！」我也急忙站起來想阻止島田，可是島田已經裝好了飯。

「明明說只吃一碗的！」我啐了一口，不甘願地坐下。島田拿著飯碗哼著歌走回來。

我從嘴裡拉出魚刺，一邊說起去領取保管父親遺骨的公所辦公室。

「去領回遺骨的公所，有很多被遺忘的人的遺骨。他們說那叫做無名屍。放了一整個房間，架子上排得滿滿都是。」

說著說著，我回想起那個房間的事。這個世界上，有多少人是一個人死去的呢？

「是喔。其實像河邊那些住在藍色防水布小屋裡的人，每次颱風一來就會有幾個人被沖走。可是這種事新聞也不會報導。畢竟是來歷不明的無名氏。像我也差不多就是那種狀況了。」

塞了滿口白飯的島田若無其事地這麼說，但是聽起來總覺得有幾分傷感。如果島田叫差不多，那我完完全全就是那種人了。島田還有朋友，我可沒有。像我這種人最後會隻身一人變成無人供養的遺骨。就跟我父親一樣。

「你爸不知道是個什麼樣的人。」

島田很感慨地喃喃說著。我深深吐出一口氣。

「反正一定是很不像樣的人生啦。死了之後還給人添麻煩。聽說他是孤獨死。在一個完全封閉的小房間裡獨自走的，也沒有人發現，過了好幾個禮拜被蛆蟲吃得亂七八糟，屍體在蒼蠅亂飛的房間裡，不斷流出體液，榻榻米上還留著他死去時的黑色人形痕跡。天氣變暖之後因為惡臭的關係，附近鄰居才去報警。」

島田不知什麼時候停下了筷子。

「咦，你不吃嗎？」

我用筷子夾起黏稠的黑色鹽漬，放在白飯上。島田盯著鹽漬，就這樣停了好一會兒。

深夜裡，不知是哪裡的狗在叫。狗也因為太熱而睡不著嗎？我把房間裡的窗戶全都打開了，但風一點都沒吹進來，十分悶熱。我讓電風扇持續轉動，可是風扇送來溫濕的風還是消除不了暑氣。睡不著，輾轉翻身好幾次。這麼熱的天氣，說不定像那些街友一樣睡在河邊還涼快得多吧。島田說我是煮飯天才，或許吧。小時候早上一起床，我換了衣服就直接去上學，當然不可能有早飯吃，到第四堂課肚子就會餓得咕嚕咕嚕叫。營養午餐我會添很多次飯。不是害怕丟臉的時候了。當時我可能全身都散發出一種要是不在這裡吃飽，可能連命都保不住的氣息，看到我添這麼多次飯，老師跟同學什麼都不會多說。晚餐多半只有我自己煮的飯。偶爾冰箱裡會有母親買回來的現成小菜，那就是難得的大餐。所以至少米飯總是得煮得好吃才行。有時候家裡連米都沒有，這種時候我只能喝水，然後一直忍到隔天的營養午餐。

想起小時候的事，我深深嘆了一口氣，視線停留在裝了父親遺骨的罐子上。骨灰罐外覆蓋著白布，鎮座在層架上，在昏暗房間裡散發出懾人的存在感。也不知道為什麼，我甚至覺得它看起來好像在發亮。心裡一陣毛，我背對骨灰罐用力閉上眼睛。忍耐著閉眼好一段時間，但還是睡不著。沒辦法，最後睜開眼睛站起來。拿出收在壁櫃深處裝了父親遺物的袋子。我把放在裡面的手機連接上一起放在袋子裡的充電器。他用的是傳統掀蓋式手機，充了一會電，我看到他最後的通話紀錄。那是一個市內電話的號碼，沒有登錄在通訊錄裡面。那個號碼他重複撥打了好幾次。他最後到底在跟誰講話？一開始猜想我就更睡不著了。

一夜未眠迎來了天亮，上班前我繞到堤防邊的電話亭。沉甸甸的烏雲覆蓋著天空。我把零錢投進公共電話，試著撥通父親手機通話紀錄裡最後的號碼。沒人接，正要掛斷電話的那一瞬間，通了。

「您好，這裡是生命線。」

是個很溫和的女性聲音。生命線？我腦中一片混亂，什麼也答不出來，一直沒說話。

「喂？您還好嗎？」

說話的方式很溫柔。我無言地掛掉電話。離開電話亭，外面開始下雨。我沒帶傘，淋著雨走在堤防上前往工廠。打給生命線，表示父親企圖想自殺嗎？他的人生中難道找不出任何希望？哪怕是一瞬間，他曾經想起過自己的兒子嗎？還是已經完全忘記了呢？他覺得自己繼續活下去也沒有任何意義嗎？沒有希望、也找不到活下去的理由。那會是什麼樣的日子？就像一直走在沒有任何出口，漫長又陰暗的隧道裡嗎？我以後也會變成那樣嗎？

來到工廠，我放空腦袋專注在剖魷魚這件事上。看我默默埋頭工作，社長來到我身邊。

「你動作快很多呢。」

他很開心地說。

「哪裡。」

聲音變得很沉鬱，中島太太稍微看了我一眼。社長繼續說。

「照這個狀況下去，每天認真工作，將來一定會有好事發生的。一轉眼就是下個月、明年，五年十年很快就過了。」

我愣愣地聽著社長這些話。我沒想像過十年後自己還會在這裡。我忍不住問社長。

「我十年後還會在這裡嗎？」

「啊，不在嗎？」

社長這麼反問，我慢慢地歪了頭。完全想像不到十年後自己的樣子。社長偷看中島太太的臉色，一邊小聲地問我。

「因為工作太單調，覺得膩了嗎？」

要說膩了那確實是膩了。可是我並不討厭單調的作業。只不過想到一直到十年後我每天都得不斷剖魷魚，就覺得背脊一陣涼。越想越覺得要瘋掉。我試著挑選適當的字句回答。

「我不討厭這份工作。可是不確定直到十年後，每天都重複一樣的作業究竟有沒有意義。」

社長一瞬間露出驚訝的表情後，偏著頭沉吟思索。中島太太罕見地停下手中的工作，緊抿著嘴角筆直盯著我。社長抬起頭看著我說。

「有啊。當然有意義。但這個意義可能只有工作了幾十年的人才會懂。對吧？」

社長轉頭尋求中島太太的同意。中島太太沉默而緩慢地大大點了頭，放鬆她緊抿的嘴角，再次回到工作上。社長自己頻頻點頭，似乎很滿意這個答案。

「大家經常把『每天腳踏實地努力工作』放在嘴邊，但是要真正了解這一句話得要經年累月的時間呢。」

中島太太三十多年來每天都在這裡剖魷魚。未來的十年如果我也每天腳踏實地在這裡繼續努力工作，就會了解生存的意義嗎？這該不會是一條永遠沒有出口的隧道吧？

「這些鹽漬你帶回去吧，今天這些可是最高級的極品呢！」

社長離開前比平常更用力地拍了拍我的肩。

下班後，我走出工廠。早上的那場雨已經停了，傍晚的天空開闊，空氣非常清新。回家路上，我走在堤防時，騎自行車經過的南小姐快速超過我，她的自行車握把兩邊掛著購物袋。我看著她心想，應該是有什麼急事吧。結果南小姐大約在我前方五公尺左右緊急煞車停下來。她猛然回頭，皺著眉頭問我。

「山田先生，你要吃冰嗎？」

事情來得太突然，我一陣困惑。她的態度給人很強的壓迫感，不太像我平常看到的南小姐。看我沒反應，南小姐臉上沒有一絲笑意，繼續逼問我。

「想吃冰嗎？還是不想？」

南小姐眉間的皺紋越來越深，呈現出一種不容拒絕的氣息。我回了一聲：「好，我吃。」然後跑向她身邊。南小姐把自行車停在堤防邊，從掛在握把的購物袋裡拿出兩根冰棒，遞出一根給我。

南小姐輕盈一躍坐上自行車後座貨架，我蹲在她旁邊，一起看著河面一邊吃冰。她張大嘴巴，瞬間吃掉半根冰棒，然後深深吐出一口氣。

「剛剛在超市看到孕婦。我最怕看到孕婦了。」

「啊？」

「看到那麼大的肚子就忍不住想踢。」

手上的冰棒差點掉下去。這話是什麼意思？我看著坐在左手邊的南小姐。南小姐用左手收攏被風吹到臉上的幾根長髮掛到耳後，咬了一口冰棒。眉間已經舒緩，不見皺紋。她繼續說道。

「有些肚子看了讓人想踢，有些不會，今天看到的就是讓我很想踢的那種。其實想想，所謂孕婦就是在人類身體裡有另一個人類，這不是很像動物嗎？」

她在尋求我的同意嗎？怎麼辦？她說什麼像不像動物、想不想踢，我完全不懂。總覺得我們說話不在同一個頻率上。我不知道該如何回話，融化的冰棒滴下一滴在我手臂上，我急忙舔了一口自己的手臂，又舔了一下冰棒下方。南小姐的冰棒早就吃完，她盯著流動的河面，用門牙啃著冰棒中間留下的木棒。

「我覺得那是一種非常生理性的存在。每次看到孕婦就會覺得原來人類也是一種動物。感覺很不舒服，這樣很怪吧？真的很奇怪。明明自己也曾經是個孕婦啊。」

南小姐稍微笑了笑。臉頰旁邊有幾根被風吹動的頭髮，她的側臉很漂亮。我癡癡地看著南小姐，這時她把木棒移開嘴邊，看著我，揚起嘴角一笑。

「你放心啦，我沒有真的踢人家。……這一點我有把握，絕對不會跨越那條線。……但是我自己也覺得很可怕，心裡竟然真的有那種想法。人真是種可怕的生物。」

雖然我並沒有那種想法，但我好像可以了解她的心情。人類確實很可怕。看著南小姐的側臉，我很想完全理解她說的一切。南小姐雙手往天空高舉。

「啊！」

她突然對著河川發自丹田豪爽地大叫了一聲，然後用力伸了個懶腰。

「好，現在我心情平靜多了，謝謝你陪我。」

南小姐輕輕對我點了頭。我很想叫住她，再多聊兩句。

「我……。」

話才說到一半，南小姐站起來。

「那先這樣囉。」

她很快地騎上自行車颯爽離開。我只能一直盯著她漸漸變小的背影，帶著一股難以釋然的情緒，慢慢起身。

回到公寓打開郵箱，看到眾多傳單裡混著一張用大大字體寫著「墓碑破盤價三十萬圓」的傳單。我無意識地看著那些文字，背後忽然傳來一個聲音。

「這個世界上沒有不會死的人。為了以防萬一，現在準備好往後就不用擔心了。」

我嚇了一跳轉過身去，背後站的是溝口先生。

「什麼？」

「我在賣墓碑。要不要來一個？可以算便宜一點喔。」

我聳聳肩，打算回自己房間。

「我聽島田先生說了令尊的事。您應該需要墓碑吧？」

溝口說著就跟了上來。島田多嘴了嗎？我生氣地嘆了口氣，搖搖頭。

「我買不起。」

溝口先生臉上帶著詭異的笑容。

「我想也是。」

他說完後逕自上樓。我輕啐一聲，板著臉進了房間，毫不猶豫地將墓碑傳單揉成一團丟進垃圾桶。

正在準備晚餐時，幾聲敲門聲後房門立刻打開。

「晚安。」

島田大搖大擺走進我房間。今天他也自備飯碗，腋下夾著自製醃菜瓶。他把這些東西放在爐台邊，站在父親遺骨前，雙手合十致意。

「今天又受您關照了。」

島田的厚臉皮實在讓我很受不了。

「島田先生一定是聞到飯煮好的味道才過來的吧。」

「不行嗎？」

島田一點都不覺得自己有哪裡不對。我在自己飯碗裡裝了飯，問道。

「島田先生，你跟溝口先生說了我父親遺骨的事嗎？」

「不行嗎？」

島田噘起嘴眨著眼睛，擠出一個可愛的表情。我內心一陣火大，很想揍他。

「但這也沒什麼好隱瞞的啊。您說是吧，叔叔？」島田一副很熟的樣子對著父親的遺骨這麼說。我不耐煩地將裝在小陶甕裡的高級鹽漬和剛煮好的白飯放上小矮桌。島田往自己碗裡盛好了飯。我裝好兩人份的味噌湯放到桌上。島田也把自己的飯和醃菜瓶拿了過來。小矮桌上完整擺滿了兩人份的晚餐，我跟島田面對面坐好，兩人同時合掌，齊聲說著：「開動了。」咦？吃了一口飯後覺得有點奇怪。怎麼不知不覺中就這樣被島田牽著鼻子走了呢？我竟然下意識地裝了兩人份的味噌湯。這怎麼可以！島田吃了一口飯。

「好吃！阿山，你真的是煮飯的超級天才。」

他再次誇張地稱讚。我不高興地低聲說道。

「如果可以，我希望是其他方面的天才。」

「不，這是很了不起的才能啊。」

島田伸出筷子去夾鹽漬，一放進嘴裡立刻翻起白眼、全身顫抖。

「哇哇哇！這什麼！也太好吃了吧！」

島田拿起裝鹽漬的陶甕，看看標籤。

「極品鹽漬？你們公司真好，竟然白白給你這種好吃的高級貨。阿山，你太幸運了吧。」

島田感觸良多地這麼說。我從島田手中奪過極品鹽漬的陶甕，把鹽漬放在自己飯上。確實不愧是高級貨，濃醇鮮味完美融合，真是人間極品。

吃著吃著，眼角餘光看到了父親的骨灰罐。

「那東西半夜會發光呢。」

「什麼？」

我用下巴指指層架上方。

「我爸的遺骨。感覺真怪。」

背對骨灰罐坐的島田放下筷子轉過頭，看著放在架上的骨灰罐，然後轉過來看著我，露出意有所指的笑。

「你爸可能還在這附近吧。」
島田故意環視房間一圈。
「不要說這些啦！」
話雖如此，我還是不經意地望向天花板角落。島田把他的自製醃菜送進嘴裡，發出清脆的咀嚼聲。
「過了七七就得好好供養起來才行。」
我嚼了幾下飯吞下。
「不供養不行嗎？」
「那當然啦。」
島田噴出幾顆飯粒說道。
「可是我又沒錢買墓地。」
我嘆著氣，一邊搔搔頭。
「這種東西又不能隨便亂丟。」

島田呵呵地笑了起來。

島田拿起空飯碗站起來。

「啊！」聽到我大叫，他眨眨眼睛盯著我看：「拜託嘛，阿山，再一碗就好。」又是那種撒嬌的聲音。

「不要這樣啦，噁心死了。只能再添半碗喔。」

我別過臉去，半放棄地說。

「好！」

島田迅速衝向電鍋。

「啊，對了，前一陣子我在花壇前面看到一位白頭髮的老太太。那是住在一〇三號房的人嗎？」

島田沒回話，我覺得奇怪抬頭看看他，島田手裡拿著飯杓呆站著。然後一臉鐵青地慢慢轉過來看著我。

「你說什麼？」

看島田瞬間變了一個人，我有點嚇到。

「啊？」

島田拿著飯杓走過來，跪坐在我身邊表情凝重地問。

「是個什麼樣的人？」

「白髮梳得很整齊，天氣這麼熱，她還是穿著灰色開襟衫。」

「你跟她說話了嗎？」

島田身體往前傾。他的臉越來越接近，我把身體往後傾，回答道。

「有啊……。」

島田身體一抖，躺在地上，「阿山你跟她說話了？哇！」他視線游移。

「她當時在做什麼？」島田繼續問我。

「在給花壇澆水。」

「哇！南小姐也說過，婆婆還住在一〇三號房，所以不接受新的房客。」

島田說的話我完全聽不懂。他坐起身，害怕地抱頭。

「她兩年多前就過世了，沒想到竟然還在。糟了糟了，我今天晚上一定睡不著了。」

「啊……？」

所以我見到鬼了？不會吧……。

睡不著。全身汗濕涔涔。偶爾有溫熱的風從窗外吹進來，蚊香的煙味就直撲鼻尖。我知道失眠不只是因為天氣熱。在花壇前見到的那個婆婆，她的長相和服裝我都記得很清楚。婆婆說過，「再過一個月就會開白色的花。」她嘎嘎沙啞的聲音我也記得很清楚。真不敢相信。怎麼可能有這麼清晰的鬼魂？我一直覺得自己不太容易撞見鬼，之前也從來沒有什麼靈異體驗。我見到的婆婆一定不是島田口中的那個婆婆。一定是這樣。可能是住在附近的其他婆婆，或者是南小姐認識的人吧。要不然我怎麼可能看得那麼清楚。

這時家裡突然傳出吱軋聲響，我背後一陣發麻，因為太過害怕而無法動彈。「你爸可能還在這附近吧。」島田剛剛這句話掠過腦中。總覺得背後的遺骨好像從剛剛開始就在發亮。我刻意不看向那裡，把身體轉向窗戶的方向。左肩凍得像冰塊一樣。一定是自己疑神疑鬼吧。再怎麼想快點入睡，腦子卻只是越來越清醒。我的身體因為恐懼而僵硬，感覺好窒悶好難受，腦漿快要爆炸。我乾脆猛然起身。

「哇！」

我大叫著拿下遺骨，粗暴地拆開白布取出骨灰罐。打開骨灰罐的蓋子，直接衝進廁所。我心想，乾脆就這樣把遺骨沖進馬桶算了。可是一看到骯髒的馬桶，緊要關頭又打消了念頭。冷靜一點，我得冷靜下來才行。要是把這東西倒進馬桶沖掉卻堵塞，之後頭痛的還是我自己。但是該怎麼辦呢？我也不想繼續被這東西搞得沒辦法入睡。明天一早還得上班。好！拿去河邊吧。丟進河裡好了。我蓋回骨灰罐蓋，用白布隨便包起來，抱著骨灰罐往外面走。

「廁所不行，再怎麼樣也不能倒進廁所。」

我喃喃自言自語，抱著骨灰罐快步走向河邊。越過堤防，河畔沒有街燈，周圍一片漆黑，抬頭看看天空，滿天都是深藍色流雲，沒看見月亮。我憑著河水流動的聲音辨識方向往前進。眼睛也漸漸習慣，開始能看見周圍。走到河岸邊，蹲下來把骨灰罐放在地上，拆開白布再打開骨灰罐蓋。裡面塞滿了一塊一塊的東西。這不就是單純的物質嗎？實在很難想像這些東西原本是活生生的人類，完全沒有真實感。就算告訴我這是血肉相連的父親，我對他也一無所知。果然，一開始就不該莽撞地去領回遺骨，根本沒什麼好事。雖然一邊對自己這麼說，我還是閉上眼睛開始對遺骨雙手合十。

「抱歉啊。」

我雙手捧著骨灰罐站起來，傾倒罐口，正打算把骨頭倒進河裡。這時我感覺到背後好像有踩過草地的腳步聲，一步步朝我而來。我害怕極了，慢慢轉過頭。站在我眼前的是光頭小元，他銳利的視線直瞪著我。佈滿整片天空的藍色雲朵迅速流動，露出半個月亮。突然傾瀉的月光把小元的光頭照得晶晶亮亮。我被他無言的眼神定住，他渾身散發出一股帶有濃濃濕度的氣勢，黏膩裹著我全身。霎時覺得全身無力，當場癱倒在地。灰色的遺骨還留在骨灰罐裡。忽然覺得河水流動的聲音變得好激烈。

結果我還是沒能把遺骨丟進河裡，隔天早上那東西一樣穩穩鎮座在層架上，散發出懾人氣息。接近中午，我走出房間到公寓樓梯下的雙槽洗衣機洗衣服。把堆了幾天的待洗衣物丟進洗衣機，接著放水。昨天晚上從河邊回來後我還是沒睡著，現在整個腦袋都在嗡嗡叫。水滿了之後把洗衣精倒進洗衣機，轉動旋鈕。我盯著沒有蓋子的洗衣機裡，衣物在水中不斷轉動。我是來這裡才第一次看到雙槽洗衣機這種東西，一開始還很困惑，不知道該怎麼用這東西洗衣服，剛好島田從房間出來教會我用法。洗衣機起初只是單純旋轉，不一會兒又突然開始逆向旋轉。濕衣服放進脫水槽時如果沒壓緊就會發出很大的聲音，整台洗衣機都會咚咚地用力抖動。看到洗衣機以一定的節奏發出低鳴聲，那悠然的旋轉讓人莫名覺得心情愉快。每次使用這雙槽洗衣機時我總是會一直盯著，百看不厭。

島田嘴含著牙刷走出房間，一看見我就露出開心得不得了的表情走過來。他把積在嘴裡的唾沫吐在地上，說道。

「我聽說了~聽說了喔，你打算丟到河裡對吧？這樣不行喔，這是犯罪，要處三年以下的徒刑。」

我驚訝地看著島田，他得意地繼續說。

「喔，你不知道嗎？丟棄遺骨是一種罪喔。」

島田單手掩著嘴角，靠近我身邊。

「不過呢，如果壓成粉狀灑出去，就不算犯罪了。呵呵呵。」

他很開心地在我耳邊輕聲這麼說。

「是嗎？」

「對啊，要弄成粉末啊，粉末。阿山。」

島田又笑了。

「但是為什麼變成粉末就可以？」

「這我哪知道啊。」

島田搖晃著身子走向花壇那邊，擰開旁邊的水龍頭，用接著水龍頭的水管流出來的水漱口，也順便洗了把臉。

結果最重要的事卻不知道？我背向島田，繼續把視線拉回轉動不停的洗衣機裡。島田用T恤下擺擦乾他弄溼的臉，走回這裡時他忽然輕哼了一聲，露出前所未有的認真表情。

「咦？等等。……你有沒有聞到壽喜燒的香味？」

確實有一股甜甜鹹鹹的醬油香味。島田蠢動著鼻子尋找味道來源，循線慢慢爬上公寓樓梯。

「阿山，這裡，在這裡。」

島田從樓上叫著，我帶著幾分困惑跟在他身後上了樓。島田站在二樓角落的二〇一號房前，正在大口吸著空氣。

「沒錯，一定是這裡。」

島田慢悠悠敲了門，房間裡彷彿瞬間鴉雀無聲。溝口父子是不是也正在觀察門外的狀況？島田舉起食指抵在嘴前，對我示意保持安靜，然後又敲了一次門。大概過了五秒左右，聽到朝這裡走來的腳步聲。解開門鎖，房門慢慢打開的那個瞬間，島田立刻將自己的腳卡在房門與門框中間，

「你好啊，溝口先生。」

他大聲地打招呼。溝口先生不禁「哇！」地一聲，表情猙獰地拚命拉住門把，想把島田推出去，可是島田靠著他卡進去的那隻腳，硬要將身體塞進房間裡。島田第一次進我房間時就是這麼蠻橫。他這個人為了滿足自己的慾望可以說是無所不用其極，簡直像動物一樣。溝口先生氣力耗盡，最後終於放棄，鬆開門把，垂頭喪氣。島田脫掉鞋，毫不客氣地大搖大擺走進房間。看看房間後方，洋一正面無表情地呆坐在小矮桌前。島田堆起滿面笑容。

「壽喜燒吧？你們在吃壽喜燒吧？」

「不、沒有。」

溝口先生急忙衝向矮桌，把肉盤藏在自己身後，斷然否定。可是桌上確實可以看到放在卡式瓦斯爐上咕咚咕咚冒著沸騰泡泡的壽喜燒鍋。他藏在身後的盤子上漂亮地擺著高級霜降牛肉。島田一屁股坐在壽喜燒鍋前。

「怎麼這麼見外呢？你要是說一聲，我就可以帶我自己做的醃菜過來啊。」

溝口先生的眉毛呈八字形下垂，顯得很困窘。

「真好啊，洋一，今天吃壽喜燒啊。」

島田笑著拍拍洋一肩膀，但是洋一依然安安靜靜，什麼也沒回答。

「沒有、不是啦，這不是壽喜燒……。」

溝口先生為了不讓島田吃壽喜燒，正在狼狽掙扎苦尋荒謬的藉口。我對他們父子真覺得很抱歉。

「好了啦，島田先生。」

我從玄關叫了他一聲，但島田一點也無所謂。看我一直站在房門附近，他對我招招手。

「阿山，你也來啊，不要一直站著，一起來吃壽喜燒吧。」

「怎麼辦……。」

說著，溝口先生用小狗般乞憐般的眼睛看著我，島田很感慨地說。

「大家要是不互相幫助，這日子要怎麼過下去呢？」

接著他舉起手。

「我是個窮光蛋！」

超有活力地大聲宣言，從胸前口袋取出自備的折疊筷。溝口看到島田的筷子倒吸了一口氣。

「等等等等等……」

他不斷搖頭。

島田滿臉帶笑，豪爽地伸出筷子夾起鍋子裡的肉，端詳了一下那片肉。

「咦？我跟阿山沒有雞蛋啊。」

他停住筷子。

「我不用啦。」

我實在不好意思，但島田卻說。

「不要客氣，你看，這麼好的肉，你到死之前可能一輩子都沒機會吃到啊。」

他特別強調「一輩子」這幾個字。

「這……你饒了我吧。是吧，小鬼。」

溝口先生維持著他的八字眉，挑著眼睛看向兒子。可是洋一只是繼續平靜地用公筷把蔬菜放進鍋裡。壽喜燒的味道勾起食慾，我肚子也開始叫了。老實說，我很想吃肉。但我不是島田那種厚臉皮的男人。心裡正在激烈地拉鋸，到底應該就這樣回自己房間？還是拜託溝口先生給我一片肉吃？但是下一個瞬間，我看到島田把一大片肉放進嘴裡，這一幕讓我心裡緊繃的線應聲斷裂，超越了忍耐的界線。我先衝出去跑下樓梯，奔回自己房間拿了筷子和飯碗，再回到二〇一號房。脫掉鞋衝進房間，跟島田一樣高舉雙手大聲宣言。

「我也是個窮光蛋。」

「啊……。」

溝口先生垂下頭，藏不住他的沮喪。我坐在壽喜燒鍋前。

「我開動了！」

拿起自己的筷子，夾了一大片煮得剛剛好的肉片放嘴裡。那一瞬間肉汁擴散在嘴中。我覺得自己的大腦好像也跟著融化了。閉上眼睛，慢慢咀嚼肉片，讓肉的甘甜充分滲透在舌頭上後，再嚥下去。心滿意足地吐出一口長長的氣。在我過去的人生裡曾經嚐過這麼美味的肉嗎？這就是真正霜降牛肉的味道嗎？回過神來睜開眼睛，溝口先生正噘著嘴惡狠狠地盯著我。

「但是你都已經半年繳不出房租了，怎麼有錢吃壽喜燒？」

島田嚼著肉，一邊對溝口先生丟出這個單純的疑問。

「因為我等了半年終於賣掉一個高級墓碑。」

「那真是太好了。對方應該是個有錢人吧？」

「是啊，那當然。是山丘上那座豪宅的夫人。」

「高級墓碑要多少錢啊？」

聽到我的問題，溝口先生停頓片刻後，靜靜地點頭。

「至少兩百萬。」

島田瞪大了眼睛慢慢重複。

「兩百萬……。」

我也小聲地跟著複誦。

「兩百萬……。」

溝口先生寂然一笑，猶豫半晌後說。

「其實……是買給她的狗。」

他看看兒子洋一尋求同意，「對吧，小鬼。」

洋一面無表情地抬頭回答。

「汪！」

島田大聲地笑了。島田一收起笑聲，眾人陷入一片寂靜，之後大家默默地吃著壽喜燒。

「真好吃……。」

島田低聲喃喃的話語空虛地飄在半空中。蒸氣讓房間天花板蒙上一層茫茫白霧。

突然有人敲門，大家同時看向房門，看到南小姐和佳代子站在門口。南小姐似乎瞬間掌握了狀況，立刻皺起眉頭一一掃視我們的臉，嚴厲地瞪著每個人，然後她冷冷說道。

「呦，我正覺得怎麼這麼香，原來大家在這裡吃壽喜燒啊。在半年沒繳房租的溝口先生房間裡，一起吃壽喜燒？嗯，這樣啊。小佳代，妳回去拿兩副筷子跟碗來，還有雞蛋。」

「好！」

佳代子大聲回話，連忙跑回隔壁房間。溝口先生已經雙眼渙散失神。

南小姐拿來罐裝啤酒分給所有大人，我們大白天喝起啤酒。公寓住戶一起圍在鍋子前說笑，而且還吃著以往從來沒吃過的高級牛肉。跟別人一起吃火鍋是在我過往人生中不可能發生的事。雖然是電視連續劇裡經常看到的一幕，但實際上真的這麼做卻叫人有點難為情。佳代子和洋一很快就吃飽了，在房間角落玩起雙六棋。南小姐塞了滿嘴的肉，一邊張著嘴哈哈喊燙。我覺得女人吃肉的樣子真好看，眼睛一直離不開南小姐汗水潺溼閃閃發亮的胸前。

「對了阿山。」

島田突然叫了我名字，我一陣驚慌地將視線移開她胸前。島田看了大家一圈。

「阿山說，他之前看到岡本太太了。」

溝口先生和南小姐，甚至連洋一和佳代子都同時轉過來看著我。

「真假？」

南小姐瞪大眼睛問我。

「不，我也不確定那是不是岡本太太……。」

「她當時穿什麼衣服？」

南小姐往我這裡靠近。

「那天明明很熱，但是她穿灰色開襟衫，抽著菸。聲音很沙啞。」

「是岡本太太沒錯。」

「的確是岡本太太。」

南小姐和溝口先生互看了一眼，對彼此深深地點了頭。南小姐瞇著眼睛望向半空中。

「這樣啊……哈哈哈，她果然還在。那岡本太太有說什麼嗎？」

平時一張撲克臉的南小姐竟然會這麼溫柔地笑，我好像是第一次看到。我把婆婆說的話告訴他們。

「她在花壇前說，再過一個月左右就會開白色的花了。」

「因為她平常最喜歡整理那個花壇了啊……。」

南小姐開心地露出微笑。溝口先生的表情也很平靜。

島田一邊用筷子攪動鍋內翻找剩下的肉，一邊說道。
「為什麼啊？你們為什麼看起來這麼開心？那可是鬼耶。」
「就算是鬼也好，我很想見見岡本太太。真羨慕你，山田先生。」南小姐喝了一口啤酒。
「她是個什麼樣的人？」
我問南小姐。
「過世之前她一直在附近開美容院。在這邊住了多久啊，從我還小就已經在了，大概有四十年左右吧。」
「四十年！」我單純覺得驚訝。
「到了傍晚，她經常會跟老房東一起在橘子樹下聊天呢。」溝口先生很懷念地說道，島田大聲插了話。
「對對對，還會擺出長凳。有一次我偷偷過去想聽她們在聊什麼，發現她們兩個一直在講破洞的鍋蓋，同樣的內容不斷重複說了好幾遍。我完全聽不出來到底哪裡好笑，但是她們說了又笑、笑了又說，沒完沒了啊。到她們那種境界真的沒有敵手了。」

「太沒禮貌了吧你。」南小姐儘管有點覺得他煩，還是忍不住笑了。

「老房東是南小姐的祖母。」

溝口先生告訴我。南小姐緩緩點頭對我說：「祖母過世之後這裡由我接手。」

我心裡其實覺得犯不著特地繼承這麼老舊的公寓，不過我沒說出口。溝口先生交抱雙臂，望著天花板說。

「我以前經常被岡本太太教訓呢。她老是說，你得好好照顧你兒子啊，小孩子越用心照顧就會長得越好。要說她雞婆確實很雞婆，但是她經常說，每個孩子都是寶貝，也很疼我兒子，常常請他吃紅豆冰。」

南小姐馬上接著說。

「對對對，紅豆冰。真懷念。以前我也經常去幫她跑腿。冰箱裡要是沒有紅豆冰，她就會出現戒斷症狀，嘴巴變得很壞。」

「喔，那是戒斷症狀嗎？她每次見到我就會罵我是沒用的東西、廢柴、窩囊廢，我還挺受傷的呢。」島田說完，南小姐和溝口先生都放聲大笑。

「岡本太太一定忘記自己已經死了吧。」溝口先生輕聲這麼說，島田望著一〇三號房的方向。

「喂，老太婆！妳已經死了啦！」他雙手圍在嘴邊大聲叫著。南小姐開心地咯咯笑了起來。

「山田先生啊，下次如果再遇到岡本太太，告訴她也來找我啊。」南小姐微笑地對我這麼說。

「好，一定！」我熱情地回應她。身體變熱了。只是因為壽喜燒跟啤酒的關係嗎？我那天見到的婆婆應該是岡本太太，可能是鬼魂。但是我現在已經不太害怕了。因為那位婆婆死了之後還這樣被大家想念、喜愛著。

站著工作久了腳底會痛。走在回家的堤防道上，我刻意讓比較痛的右腳腳底盡量不接觸地面。一想到這個禮拜只過了一半，疼痛好像更加倍了。盛夏傍晚的天色還很亮。終於看見公寓，我鬆了一口氣，耳邊傳來口風琴的聲音。我停下腳步傾聽聲音。明明已經很累了，卻還是莫名被那聲音吸引，走到河邊的垃圾山前。洋一正在垃圾山上吹奏口風琴。中間停頓重來好幾次，這首曲子才終於演奏到最後，他又從頭吹起同一首曲子。這並不是悲傷的歌曲，但是聽著聽著也不知道為什麼，冒出一股心酸悵然的感覺。聲音中斷時，我從垃圾山下對洋一說。

「這曲子很棒耶。」

洋一瞥了我一眼後低下頭，磨磨蹭蹭了一會兒，然後用很小很小的聲音說了「巴哈」兩個字。一聽到巴哈，我腦中想起的是小學音樂教室牆壁上，掛著的那個一頭及肩白色卷卷頭髮、還有雙下巴的大叔。原來那個大叔寫的曲子這麼好聽啊，真是了不起。

「巴哈真是天才耶。」聽我說完後洋一忽然抬起頭，對我露出前所未有的笑容，他用口風琴用力地回了我一聲「Do」。洋一開心地再次用口風琴彈奏同樣一首曲子。

他的側臉在夕陽照射下帶著一絲哀愁。被母親拋棄的少年側臉。這旋律深深打動我的心。

突然，洋一的樂聲在跟之前不太一樣的地方停頓。音色變得跟剛剛明顯不同。怎麼了嗎？一看，佳代子不知從什麼時候開始也站在垃圾山前。佳代子驚訝地看著我，站著沒動。她手裡拿著只有一隻的小鞋子。

「妳好。」我跟佳代子打了招呼，但是她避開了我的眼神，只輕輕點了個頭。她走到垃圾山邊的茂密草叢前，蹲下來把手上那隻鞋子放在草叢後。我走近一步，由上往下看，草叢裡放了大大小小好幾隻只有左腳的鞋子。有的是已經穿舊的鞋，也有看起來還能穿的。該不會是她從哪裡偷來的吧？佳代子背對我繼續蹲著，一直盯著這些鞋。她小小的背影微微在顫抖。我好像不經意間偷窺到她重要秘密寶盒裡藏的東西了，讓我頓時有些忐忑，往後退了幾步。佳代子倏地起身，就這樣跑過我面前。留下來的我抬頭看看垃圾山上的洋一，他已經沒有繼續吹口風琴，一直呆呆望著佳代子的背影。洋一迅速把視線移到我身上，用憤怒的目光無言瞪著我。

「啊？我嗎？」我指著自己的臉。洋一繼續瞪著我。我開始坐立難安，在洋一目光的催促下拔腿去追佳代子。

衝到堤防上，佳代子正快步走回公寓。我跑著追上了她。不過走在她身邊我卻不知道該開口跟她說什麼。佳代子忽然停下腳步。她停得很突然，我踉蹌了一下差點跌倒。她凝視著林立堤防邊的房子，指著那一帶平靜地說。

「那附近本來有一間房子。」

她指出的那個地方有塊突兀的空地，現在可以看到赤裸的黃土。

「你記得那邊原本是什麼樣的房子嗎？」佳代子問我。

明明是每天早上、傍晚走過堤防時都會經過、每天都會看見的房子，再怎麼努力我都想不起來原本的樣子。佳代子盯著空地繼續說。

「明明每天都走這條路，為什麼想不起那邊原本是什麼房子呢？」

確實，到底為什麼呢？不久之前還在那裡的啊。人的記憶實在太曖昧。佳代子低下頭，輕聲囁嚅道。

「不要跟我媽說。」

我馬上知道她是指偷鞋子的事。

「嗯，我不會說。」我回答道。

佳代子收集的那些左腳鞋子，對於遺失的主人來說或許也是馬上就會遺忘的東西吧。就跟那些虛幻不穩定的記憶一樣。

有些風景會在某一天突然改變，也有些風景我們以為完全沒有變化，其實卻在不知不覺之間歷經漫長歲月逐漸變得老舊。儘管是一成不變的每一天，但也確實一點一滴出現了變化。佳代子十年後會變成什麼樣的大人呢？我的十年後呢？我跟佳代子一起回到公寓。回家路上我跟佳代子說了雙迴旋的秘訣，告訴她可以比現在再早一點跳起來試試看。

幾天後的晚上，島田跟平常一樣厚著臉皮在我這裡吃完飯後，在廚房裡切了小黃瓜和茄子，擺出好幾個空瓶開始做醃菜。我說他大可回自己房間去做，他笑著回答，房間已經被斷電了。

要壞不壞、勉強能動的電風扇開始發出唧唧怪聲。在電風扇前吹著風，一隻蚊子停在我手臂上。我一個拍掌打死了蚊子，盯著在我掌中氣力耗盡渾身是血的蚊子。島田瞥了我一眼。

「我這個人呢，殺不了蟲子。尤其是蜘蛛。」

我抓著被蚊子叮過的手臂。島田一邊做醃菜一邊開始說。

「十歲時我老爸死了，但是只有一個關於他的記憶，我印象很深刻。應該是我三歲還是四歲的時候吧，一個颱風夜裡，風聲轟隆隆的很嚇人，我一直睡不著，然後我老爸說，那我講個故事給你聽吧。你猜他說的是什麼故事？是芥川龍之介的《蜘蛛之絲》。一個墮入地獄的人，想拉著蜘蛛絲往上爬到極樂世界，但是就在還差一步就能抵達極樂世界的時候，絲線斷掉了，所有人都掉進地獄裡。聽了這個故事之後，外面的風聲我怎麼聽怎麼像地獄的聲音，實在太害怕了，反而更睡不著。……每次回想起我老爸，他的長相總是很模糊，但是直到現在我還記得當時他低沉的聲音。」

我好像可以聽見島田父親低沉的聲音。聽著他說這些時，我心想，要是我也像他一樣至少留下一件關於父親的深刻印象就好了。假如這樣，現在放在這裡的遺骨，對我來說或許就會有不一樣的意義吧。我父親說話是什麼樣的聲音？我看向架子上的遺骨。完全無法想像他的聲音。因為我們並沒有一起生活過的記憶。看他駕照上的照片，也不覺得這個人跟我長得像。

父親是個什麼樣的人？他說話是什麼聲音？身上是什麼味道？他有嗜好嗎？愛吃什麼東西？喝酒嗎？喜歡做什麼事？過著什麼樣的人生？我胡思亂想著關於父親的事，不知道為什麼，鼻腔深處一陣酸楚，水沾濕了眼角。飛蟲靠近天花板吊下來的燈，撞了上去，發出唧唧的聲音。我一言不發地沉思，島田忽然問我：「你恨你爸嗎？」

「不知道。他的事我連想都想不起來。」

我站起來，把紗窗拉開一半，用手揮掉不斷撞上吊在天花板上燈具的飛蟲，想把蟲子趕到外面去，但怎麼也趕不走。

「你爸可能很想見你呢。」

「如果想見我，不會直接來找我嗎？」

「不能這樣講啊，有些事沒那麼簡單。有時候想見也見不到。比方說不想讓對方看到現在自己落魄的樣子，或者他可能擔心見面之後你會不會恨他。沒去見你並不一定表示他不想見你啊。」

我終於把蟲子趕出去，關上紗窗。

「假如他很愛惜保管著我小時候的照片，說不定我還能接受他是我老爸。」我輕哼了一聲。

遺物裡並沒有這類照片。島田沒停下切蔬菜的手說。

「算了，其實你不原諒也無所謂啦，只是放棄去恨一個人比較輕鬆啊。我以前有個兒子，但現在已經沒有了。」

「啊？是嗎？」我驚訝地反問，島田笑著說：「騙你的騙你的，當我沒說。」

總覺得不能再追問下去，我什麼都沒說。島田也安靜了下來，專心弄他的醃菜。只有電風扇不斷在凝重的空氣裡反覆發出唧唧聲。

假日早晨，我洗了累積一星期的衣服，來到後院菜園旁邊的晾衣場準備曬衣服，難得看見溝口先生身上穿的不是黑色西裝而是短褲和白T恤，也正在曬衣服。從T恤袖口露出來的手臂到指尖都相當細瘦，雙腳也是一樣。身穿T恤的溝口先生看起來好像老了十歲左右。

「早安。」我跟他打了聲招呼。

「山田先生！你跟我兒子說話了嗎？」

溝口先生忽然往我這邊傾身。突來的反應讓我很詫異。

「那算說話嗎……。」

「他跟你說了什麼？」我拚命回想到底跟洋一說了什麼。

「巴哈。」

「巴哈？」

溝口先生瞪大眼睛盯著天空，嘴裡不斷重複著巴哈、巴哈。

「太厲害了。山田先生，你太厲害了。」

我不知道該怎麼回應溝口先生，一邊在隔壁晾衣竿上曬起自己的衣服。

「但就只有這樣啊。」

「不不不，這已經很厲害了。根本是奇蹟。平常如果我不在身邊，我兒子絕對不會在別人面前開口說話。聽說這好像叫選擇性緘默症。」

「但是他會用口風琴回話。」

「嗯，對。他好像會用口風琴跟人對話，有時候也會跟河邊那些街友對話。這樣也能跟人溝通，其實還滿厲害的。」

溝口先生低下頭，緊皺著臉。

「他媽走了之後，他就不再說話，在學校也完全不講話。這樣啊，原來他說了巴哈啊。巴哈……。」

溝口先生抬起頭，雙手緊握著我的手。

「真是太謝謝你了。真的，太感謝了。」

「沒有啊，我什麼都沒做啊。」

「不不不，一定是你某些部分觸動了我兒子的心。真不知道該怎麼感謝你。」

「太誇張了啦，我真的沒幹嘛。」

溝口先生搖搖頭，說道：「這對我來說簡直就是奇蹟。那個……如果您不介意，以後可不可以繼續找我兒子講話？」

「喔，這當然沒問題啊。」

我試圖甩掉溝口先生的手，但他怎麼也不肯放開。溝口先生好不容易才鬆開我的手，用T恤袖口擦了擦眼角，笑著說：「一想到他終於有點成長，我就忍不住……為人父母是不是很傻？哈哈哈。」

意料之外的感謝讓我有點不自在。我用洗衣夾依序夾著襪子。溝口父子的衣物不管內衣或襯衫，一樣大小的東西都各有兩個。

在那之後我渾身是汗地去幫忙島田種菜。「不行了、我不行了。」島田宣告他已經到極限，兩點左右結束工作。氣溫超過三十五度，島田勸我如果窩在房間裡可能會中暑而死。我回他就算是這樣，我既沒錢也沒其他地方可去，他說有個涼快的好地方，邀我一起去，我跟在島田身後出發。也不知道要被帶去哪裡，在堤防上走往與工廠相反的方向，在河邊看到幾個身穿綠色T恤的街友大叔。島田突然對某個大叔喊道：「齊藤先生！」那個大叔轉向我們這裡，露出滿臉笑容對島田揮手。我發現自己完全忘記之前答應要給大叔菸或酒這件事，心裡一驚。

「你朋友嗎？」我問島田，他回道：「嗯，算是吧。我會分他一些蔬菜。他現在在研究淡水蝦，以前研究青蛙。是個博士呢。」

「喔。」

我心想，得快點去買菸或酒給他才行。

跟在島田身後走了大約十分鐘，來到堤防旁一處巴士站，隔著馬路對面是蒽鬱的茂密山林。島田過了馬路，老練地撥開樹叢往山裡爬。我拚命追在他身後。大概爬山爬了五分鐘左右吧，我實在太累，正抬起頭來想跟島田抱怨兩句，眼前忽然看見一座葺有氣派屋瓦的巨大建築。島田對著建築物大喊：「小元！」島田帶我來的地方是小元的寺廟。一想起晚上企圖在河邊丟掉遺骨時，小元那雙瞪著我的銳利目光，就覺得很害怕。我立刻轉身想回頭離開，卻被島田抓住手臂。「不用那麼害怕啦，他人很好的。」硬是把我拉進寺廟裡。

聽到他說涼快的好地方，本來還以為是開著超強冷氣的漫畫咖啡店之類的地方，現在心裡其實很失望，不過寺廟裡有竹林，岩塊上長著青苔，還有陣陣自然涼風吹過。這裡的體感溫度確實比我自己房間低了十度左右。「負離子萬歲！」島田大叫著，脫了鞋躺在寺廟簷廊下。「這裡就像我家院子一樣，你也放輕鬆啊。」邀我一起坐下。

身穿袈裟的小元拿著托盤出現，端了麥茶給我們。我因為太尷尬，不敢直視小元的眼睛，但是他很適合穿袈裟，之前讓我覺得可怕的銳利眼神，放在這威嚴凜凜的和尚身上竟然更顯慈悲，實在很不可思議。我一口氣喝光冰涼的麥茶，喀喀啃著剩下的冰塊。解了渴後頓時覺得很睏。我也學島田往後一倒躺下。閉上眼睛，覺得蟬聲格外吵雜。島田好像也跟我有一樣的感覺，他說：「這裡的蟬聲好像比其他地方的蟬聲更大呢。」睡意襲來，我微微睜開眼睛看著小元，他坐在廊台上不斷重複將嘴裡嚼的口香糖吹漲成泡泡，再用手指把吹破黏在臉上的口香糖拿回口中，然後再次吹出泡泡。

空氣中的濕度忽然變高，開始下雨了。遠方有青蛙的叫聲。「拿碗雨雪來吧，賢治……。」

島田自顧自喃喃唸著。聽起來不像日文。

「你在唸什麼？」我依然閉著眼睛，問道。

「高中時有一個從岩手轉學來的同學，用岩手方言念了這首詩。」

島田嘿咻起身，頓了一拍後繼續說。

「今天即將前往遠方的我的妹妹啊，外面雨雪夾雜，卻異常的明亮，拿碗雨雪來吧，賢治。」

姑且不管唸得正不正確，他刻意用誇張的岩手方言聲調，充滿高低抑揚頓挫地背出那首詩。我也不確定正確的意義，但是眼前浮現出有大粒雨夾雜著雪，顆顆落下的情景。好像是一首乘載著沉重寂涼的詩。我睜開眼睛看著島田。

「也不知道為什麼，就覺得那種聲音，特別是岩手的方言會深深滲透進這裡。」

島田拍拍自己的胸口。為什麼有人要刻意把這麼沉重又寂寞的詩留給後世呢？或許這個世界上其實有不少人都覺得寂寞吧？島田往上高舉雙手伸了個懶腰。

「啊啊～要是我也跟賢治一樣有天份就好了。不對，我現在就可以當個詩人。

嗯！」

清了清喉嚨，島田盤腿坐好，挺直了背，抬起下巴，瞪大眼睛，手掌心朝上，大大張開雙臂挺起胸，似乎試著要感受某種眼睛看不見的東西。

「雨刺穿了我的皮膚。告訴我，你還活著，冰冷地刺穿我，化為血水……」

小元冷冷瞥了島田一眼。島田忽地放下雙手，垂下頭。

「啊啊，不行。我還是沒有這種天份。」

我輕笑了兩聲。島田盯著雨看了半晌。

「說到天份，阿山煮的飯不知道為什麼就是特別好吃。」

他邊打呵欠邊對小元說。

沒多久，天空瞬間暗了下來，雨勢也變強了。島田站起來，脫掉身上的Ｔ恤站在雨裡，仰頭向天。他喊著：「哇啊啊！」雙手上上下下用雨水搓洗著臉。小元看著島田，從嘴裡取出吹漲的口香糖，黏在廊台邊，突然開始誦經。

「南無無邊行菩薩。南無上行菩薩。南無多寶如來。南無妙法蓮華經……。」

我們聽著小元誦經的聲音，等待午後陣雨的結束。雨消除了幾分之前的暑氣。島田全身被雨洗淨了一遍，然後對著我小聲說。

「阿山啊，雨停了之後我們去喝酒吧。」

「好啊。」

我很自然地回答。已經多久沒跟人去喝酒了呢？笑意沒來由地湧上，自顧自地笑了起來。島田說了我一句：「噁心死了。」還是別喝太多吧，明天還要工作。

但是結果這一天我異常地開心，整個人很嗨，喝了一大堆酒。寺廟正門出去的那條冷清商店街最後方，有間小元常去的烤雞串小店，簡簡單單的鹽味也很好吃，非常下酒。小元再怎麼喝也面不改色，無論喝多少他都幾乎不說話，只是「喔喔」、「嗯～」地回應島田單方面說話的內容。不管島田打翻啤酒或者在廁所睡著，他都沒有一絲驚慌，總是泰然自若，什麼都不說地默默幫忙。看著他們兩個人，我更加感覺到自己是個沒有朋友的人。以前從來沒覺得想交朋友。當然是一個人比較自在不是嗎？不跟任何人打交道，只有自己一個人就好。安安靜靜、不驚擾人，悄悄地過日子。我本來是這麼想的。我再次大聲地笑，想趕跑這種念頭，開始像個傻子一樣地喝酒。

島田和我身上的錢都不夠，小元幫我們付掉了不夠的錢。回家路上島田不斷反覆地說，明天一定要打掃、明天一定要打掃，對電線桿吐了一大片，然後抱著電線桿道歉，不斷說著對不起，放聲大哭。看到他這個樣子，我抱著肚子笑到在地上滾。好像只要聲嘶力竭地笑到快死掉，其他的麻煩事就都無所謂了。小元使盡渾身力氣把吐得一身打算躺在路邊睡的島田拉起來，攙著島田走。我們搖搖晃晃走回公寓。昏沉沉的腦袋裡完全不知道我到底在擔心什麼。一切小事似乎都無所謂了。明天下班之後，就把父親的骨頭打碎丟到河裡吧。我不要再猶豫了。就這麼辦，我下定了決心。

著我。

隔天，宿醉讓我真的很想死。整個上午都沒辦法好好工作，中島太太無奈地看

傍晚，我帶著醉意未脫的腦袋坐在河邊看水流。我帶了骨灰罐來。猶豫了一會兒，把遺骨拿出來放在報紙上，找來附近比較大的石頭。我想用石頭把遺骨敲個粉碎，但就是使不上勁。長嘆了一口氣，我抬起頭，河岸邊的佳代子發現了我，她一邊跳繩一邊往這裡跑來。戴著寬簷帽的南小姐走在佳代子身後。

「天氣好熱啊。」

南小姐拿下帽子，把長髮在腦後捲成一團。佳代子在我眼前跳了一次雙迴旋。

「哇，成功了呢。」

聽我這麼說她有點害羞：「我有稍微快一點跳。」

佳代子把跳繩丟在一邊，開始摘附近的花。

「這孩子一學會東西很快就會膩了。」

南小姐看著佳代子微笑了起來，蹲在我身邊。她把帽子朝自己的方向搧了搧，送去些許微風。

「那什麼？」

南小姐看著我眼前的東西問道。我感覺被看到了不該看的東西，吞吞吐吐地說。

「這個……這是……是我爸的骨頭。」

南小姐直盯著骨頭看。

「我沒錢買墳墓……聽說打碎變成粉末，就可以灑在這邊。很噁心吧？不好意思啊。」

南小姐一臉認真地慢慢搖搖頭，一直看著那些灰色骨頭。眼前的河川順著一定方向緩慢地流動著。佳代子靜靜摘著花，手上的花束越來越大。我試著找話講，就像在找藉口一樣。

「其實我內心本來有點期待。畢竟我一點跟我爸相關的記憶都沒有。我想他會不會其實在其他地方跟其他的家人過著很好的生活。可是……到頭來還是這樣啊，一個人死掉，連墳墓都沒有，最後還要像這樣被丟掉，這樣的結束。」

南小姐手支著臉頰，盯著骨頭看。

「會去期待、去在意，其實就是一種愛啊。」

「才不是呢。」

我搖搖頭笑了。南小姐突然搶過我手上的石頭，直接抓起放在報紙上的骨頭開始敲碎。

「哇！等、等一等！」

我急忙從南小姐手上搶過石頭。她慢慢把剛剛抓過骨頭的手放在眼前，盯著手指上沾的白粉。搓搓指尖，少量粉末飄落到地上。南小姐看著那些掉下來的白粉，突然吐出一句話。

「我吃過我先生的骨頭喔。」

「啊？」

我忍不住反問。南小姐一直搓著指尖。不管再怎麼用力搓都不再有白粉掉下來。

「我不相信什麼輪迴轉世。什麼前世就是夫妻啦、投胎轉世下輩子還可以相見啦，好像很多人相信這一套。可是人死了只會變成骨頭吧。」

說著，南小姐緊握著剛剛還搓個不停的指尖，抬起頭看著天空。

「我先生背後有一個很大的疣。」

我不知道南小姐這番話最後會通往哪裡，只能靜靜往下聽。

「我本來一點都不在意。可是不知道為什麼，他自己很在意，有一天他瞞著我去醫院割掉那個疣。之後不久就得了癌症……。人家不是常說嗎，這個世界上不會有毫無意義的存在。那個疣一定是他排放毒素的通道吧。早知道我應該勸他不要割掉的……。」

南小姐的視線移到正在摘花的佳代子身上。我開始想像南小姐丈夫背上的疣，試圖理解她為什麼想把丈夫的死歸咎到那顆疣上。失去重要的人，是不是會想要找出某個原因呢？我靜靜地思考，南小姐迅速奪過我手上的石頭，再次開始敲碎骨頭。

「啊啊！等、等一下！」

南小姐停下手，笑了出來。

「啊哈哈哈。」

南小姐迅速起身，拍了幾下手，叫回佳代子。

「小佳代，走吧。」

佳代子用力握著雙手滿滿的花跑過來。她把花束在兩手間分成一半，「給你。」將其中一半遞到我面前。我接過花束。南小姐和佳代子手牽著手搖搖晃晃地走回家。我一直凝望著她們的背影。我想起喝醉後邊吐邊大聲哭的島田。他也失去了重要的東西嗎？那無謂的開朗其實背後藏著深沉的悲哀嗎？如果不珍惜眼前難得的小小幸福，就活不下去了嗎？

我盯著父親的遺骨。島田說得沒錯，南小姐到現在還幾乎叫人心疼地深愛著她丈夫。胸口一陣刺痛。我還沒有辦法把父親的死視為重要的人之死。或許現在還不是敲碎骨頭丟掉的時機。我草草包起攤開的報紙，深怕遺漏了一點、小心地將遺骨放回骨灰罐。接著我帶著佳代子給的花束回到公寓。我想，我應該還沒有失去重要的東西。

我在房間裡準備晚餐。煮了飯，散發出很香的味道。島田應該快來了吧。今天我也準備了兩人份的魚，還煮了味噌湯。從冰箱裡拿出極品鹽漬的陶甕。不過要我先盛好兩人份的飯，實在是做不出來。我可不想讓島田覺得我在等他。可是當我把晚餐放上小矮桌，完成一切準備坐下只等開動時，島田並沒有像平時一樣現身，這讓我有點擔心。怎麼了嗎？猶豫了片刻，我決定敲敲跟隔壁房之間的牆壁。

「島田先生，我要吃飯了喔？」

我隔牆呼喚，但是沒有任何反應。算了，我合掌之後一個人開始吃飯。沒有島田的晚餐竟然這麼安靜。準備了兩人份的魚竟然讓我覺得有點丟臉，趕緊先三兩下速速吃掉其中一隻。寂寞……嗎？不不不，不可能不可能。我嘲笑著自己。

隔天放假，我睜開了眼睛還是繼續躺在床上發懶，院子裡傳來窸窸窣窣的聲音。一定是島田在菜園裡工作吧。但怎麼感覺跟平時不太一樣？換作平常，島田一定會大聲叫嚷，喊著好熱好熱，馬上從這扇窗探出頭故意把還在睡的我吵醒，要我幫忙幹活。今天竟然安安靜靜地做事。是身體不舒服嗎？我只不過是躺著猜想這些就流了一身大汗。到底要忍耐酷熱的天氣繼續躺著不動，還是乾脆起來洗把臉去菜園裡幫忙島田？考慮了一下，我決定起床。只換了件T恤，穿上跟島田借了一直沒還的涼鞋，走出落地窗去到院子。

「啊～」我伸了個大懶腰。

島田果然正流著大顆大顆的汗水在菜園裡工作。看來今天也會很熱。我戴上放在儲物間的草帽，跟島田打了招呼。

「天氣真不錯啊。」

「嗯，就、就是啊。」

平常都是島田活力百倍地主動打招呼，今天怎麼顯得有點疏遠。

「我弄苦瓜這邊喔。」

「啊？喔。」

島田的回答比平時冷淡，但我沒多想，拿起剪刀開始採收苦瓜。前幾天在田裡幫忙時島田告訴過我，這個時期的蔬菜越長越大，每種蔬菜都得在最適合的時期收成，不然一旦變得太大，顏色或者味道都會變差。每到週末我就會來菜園幫忙，接觸這些蔬菜後久而久之就有感情了，吃的時候覺得更加美味。苦瓜上那些突起各個飽滿圓潤。我用剪刀剪掉多餘的藤蔓，汗水很快就沾濕了T恤。我從剛剛開始就一直感覺到島田的視線。他好像不時在盯著我看。

我停下手，鼓起勇氣問他：「怎麼了嗎？」島田瞬間將視線移開，繼續工作，笑著說。

「沒有啊，只是覺得你挺認真的。」

「反正天氣這麼熱，我在房間也睡不著，還不如活動一下身體，比較能轉移注意力。」

「也對。」

感覺島田笑得有點勉強，是我多心了嗎？很明顯跟平時那個厚臉皮又豪爽開朗的島田不一樣。到底怎麼了？我一邊擔心一邊摘著苦瓜，島田慢慢靠近過來，盯著我的臉看，然後下定決心般開了口。

「那個阿山，我不小心聽說了。」

那個瞬間我感覺背後有一道刺激的電流通過，讓我全身無法動彈。冷汗好像從頭頂慢慢滴了下來。島田繼續說。

「阿山，聽說你坐過牢？你幹了什麼？」

我無法順暢呼吸，肩膀上上下下，大口喘著氣。好一陣子都沒開口。我一直想找個機會告訴島田自己有前科。因為他已經跟我關係好到不能不說的地步。如果被他自己發現，還不如我親口告訴他。我隱約覺得，如果是島田，就算知道我有前科也不會改變對我的態度。島田一定會笑著接納這樣的我。我對他就是有這種沒來由的安心。為什麼我會這麼想呢？島田耐不住凝重的沉默，嘟囔著小聲說。

「抱歉啊，我也告訴自己別在意這種事，但就是忍不住會去想。」

我無法直視島田的眼睛，小聲地開口。

「我騙了別人的錢。」

「……這、這樣啊。原來是這樣啊。」

島田的聲量大得誇張，然後背對我繼續回到工作上。可是他的手完全沒在動。看起來好像很後悔自己問了這件事。我實在受不了，丟下採下的苦瓜，什麼也沒說繞到公寓正門打算出去，離開這個地方。背後感受到島田的視線，讓我覺得很難受。

隔天在工廠工作時，我完全無法專心。他怎麼會知道？除了島田之外還有誰知道？南小姐也知道了嗎？是誰說出去的？不過，難道我以為可以一直瞞下去嗎？這怎麼可能。被知道又怎麼樣。反正我本來就打算自己一個人活下去。既然如此又有什麼好期待的？與其被人覺得我故意隱瞞，早知道就應該快點告訴島田。島田第一次到我房間的時候、第一次幫他種菜的時候、他第一次來我家吃飯的時候，早知道當時就該說出來的。我明明有過那麼多次機會。這樣一來，打從一開始島田就不會想接近我吧。我們也就不會變得這麼熟。不變熟，也就不需要像現在這樣介意了。

一回神，發現我割傷了左手食指尖，流了血。大概是菜刀不小心切到的。一點也不覺得痛。我呆呆看著沿著塑膠手套流到手腕的血。

「你在發什麼呆！」

聽到中島太太大聲怒吼我才嚇了一跳。中島太太急忙飛奔過來，脫掉我左手上的塑膠手套，迅速用手套綁住割傷的手指根部，把我的手高高舉起。動作快到令人讚嘆。

午休時間，我在可以看到河面的老地方，吃著一早做的飯糰。左手食指上纏著白色繃帶。

「我在找你呢。」社長奮力地辛苦爬上堤防，遞給我一瓶瓶裝茶。

「給你的。」

「謝謝。」

我接過茶，社長坐到我身邊。

「原來你都在這裡吃午餐啊。」社長眺望著眼前的河水。

「因為這裡比較沒人。」我回答。

社長從我手裡奪過寶特瓶，扭開瓶蓋後再次交給我。

「手指還好嗎？」

「嗯，不是什麼大不了的傷。」

「那就好。以前可沒有任何年輕人讓中島太太這麼擔心。這表示你對她來說是多麼重要的戰力。」

「哇！」的聲音傳來，往聲音的方向看去，同工廠的人正在玩傳接球。看到他們那麼開心就覺得很空虛，好像時間在這裡暫停了一樣。我已經不想繼續待在這裡。辭掉工廠工作，再去個遠點的地方吧。我喝了一口社長給的瓶裝茶，問他。

「……廢物是不是會遺傳啊？我媽是個人渣，我爸也死在外面。我想人會變成廢物，應該是天生的吧。」

社長很認真地聽我說話。我靜靜等著社長開口。他會怎麼鼓勵我？怎麼安慰我？我在測試他。

「不會，這種東西不會遺傳。」

社長篤定地說。我更想繼續挑釁他。

「如果中島太太知道我有前科，對我的態度肯定也不會像之前一樣吧。」

社長瞇著眼睛說。

「中島太太從一開始就知道了。我告訴她的。」

「啊？」

我驚訝地看著社長。

「她那個人絕對不會說不該說的話。這幾十年來我一直很依賴她。我完完全全相信她。如果沒有她，這個公司也維持不下去。」

我想起中島太太緊抿嘴角默默工作的身影。

「別辭職。」

社長很清楚地說。

「要是現在辭掉工作，就又回到原點了。往後你還會繼續過著不知道活著到底有沒有意義的日子，不斷徬徨。我看過太多這種人了。別動腦！動手。只要不斷動手，就可以斬斷不必要的疑問。你沒問題的。」

社長的話語沉沉地壓在我身上。

「這是社長命令啊。」

說著，社長站了起來，用力拍拍我的肩，走下堤防。我只能繼續坐在原地，看著流動的河水。

下班路上，我看到一個街友在河邊摸著貓對貓說話。他的頭髮在頭頂紮成一個丸子般的髮髻，皮膚曬得很黑。其實每個街友都有各自不同的生活，雖然這麼說也是理所當然。

父親最後打的電話是生命線。他人生的最後心裡想著什麼？他看到了什麼？他一定也有自己的生活。想到這裡，我忽然怎麼也靜不下來，走到堤防邊的電話亭。也不知道為什麼，我把父親的行動電話充滿電後一直隨身帶著。在公共電話撥通了他最後打的號碼。等了一會兒，話筒那頭傳來一個女人的聲音。

「喂，這裡是生命線。」

跟前幾天一樣，是個聲音聽來很有溫度的人。我安靜沒說話。

「怎麼了？……還好嗎。不管任何事都可以聊聊喔。」

聽到這樣溫柔又輕緩的說話方式，我猶豫了一會兒，還是決定開口。

「那個……我是想問一下，這邊，是想自殺的人最後會打電話的地方吧。」

沉默片刻之後，那個女人的聲音緩緩回答。

「確實有很多人會打電話來問活著的意義。不過也不只是這樣。」

「還有呢？」

「嗯，比方說一直疼愛的貓死了，不知道可不可以埋在院子裡，或者是小孩打來問為什麼有鬼魂，死了之後靈魂會去哪裡之類的。」

「……人死了之後靈魂會去哪裡？」

我感覺對方猶豫了一下。

「……接下來的這些話，我希望您不要當成諮商員的回覆，只是我非常個人的經驗……我小時候偶爾會看到金魚在天空中游泳。看久了會發現，金魚在天空中飄啊飄地浮游好一陣子，好像朝天空的方向飛去……在我眼裡看起來就是這樣的。過了很久以後，我非常確信那一定就是靈魂。我一點也不懷疑，深深這麼相信。」

我在電話亭裡盯著天空。那片有靈魂泅泳的天空。

女人的聲音輕軟又溫柔，包裹著我尖銳帶刺的情緒，完整接納了它，讓我覺得很舒適。我甚至有種錯覺，好像過去所有的罪惡都因為她的聲音獲得了寬恕。這聲音讓人想不斷不斷地聽下去。假如我父親最後聽到的電話那頭也是這女人的聲音，為了把全部交託給這個聲音，被包裹在其中，為了再次聽到這個聲音，應該會打消自殺的念頭吧？

在口風琴音色的吸引之下，我來到河邊的垃圾山。洋一正在垃圾山上吹著口風琴。跟上次一樣是巴哈的曲子。剛剛在跟貓說話、頭髮在頭頂上紮成丸子頭的街友大叔坐在附近，雙腳往前伸，閉著眼睛聆聽洋一的演奏。他的口風琴音色聽來總是那麼哀傷悲切，同時又能觸動人回想起過往的珍貴記憶。洋一心中到底在想著什麼？

聽著洋一的口風琴，我想起小時候母親沾在我臉頰上的口紅味道。其實我很清楚，當時我之所以睡不著，不是因為擔心那口紅的豔紅會吞噬我，而是因為太依戀母親。每當我肚子餓到不行，就會發自內心希望她可以早點回家。每當母親大聲反過來念九九乘法表「七」的那一行，我就忍不住想撲上去緊緊抱住她。我只是不願意承認，可是早就發現自己真正的心意了。察覺到自己想念她，我就覺得不甘心，可是鼻腔深處總會一陣酸。我不希望流下思念母親的眼淚。忽然想到，島田現在不知道在幹嘛？

洋一演奏結束，街友大叔拍著手站起來，靜靜地離開。跟大叔交班似地，佳代子拿著跳繩出現。佳代子拿起放在垃圾山周圍從右邊數來第三個黑色電話的話筒，放在耳邊。好像什麼也聽不見，佳代子失望地嘆了口氣，放下話筒對洋一說。

「欸，我覺得光等是不行的啦，要主動叫他們才可以。」

洋一用口風琴吹了一聲「Do」。聽到洋一以跟剛剛那種瀰漫哀愁風情的琴聲正好相反的虛弱，吹出顫抖的「Do」，我非常驚訝。洋一的心在動搖，看看他的臉，已經紅到耳朵。我馬上知道他為什麼有這樣的反應。他不是動搖，是戀愛了。佳代子正想爬上垃圾山，洋一拉著佳代子的手幫忙她。佳代子站在垃圾山頂端時，開始把跳繩朝天空一圈一圈地甩動。我問佳代子。

「妳在幹嘛？」

佳代子沒有停下，回答我。

「跟外星人交流。」

「喔……。」

南小姐說過。佳代子遇到不會的事，會一直堅持到學會為止。這次她也會試到成功為止嗎？可能吧。因為佳代子的眼神比練習雙迴旋時更認真。我速速離開，不想打擾他們的兩人世界。

島田不來吃晚餐已經過了好幾天。隔壁房間一點聲音都沒有，只有寂靜。島田是去其他地方洗澡了吧？他去其他地方吃飯嗎？他這個人一定有很多門道，不管洗澡或者吃飯，都能厚著臉皮要別人幫忙。島田身邊不是有小元嗎？再說島田也已經是一把年紀的大人了，沒必要替他擔心。可是，以後不用再幫他打理菜園了嗎？不能再吃院子裡的蔬菜真是可惜。他再也不會過來了嗎？我發現自己腦子裡一直想著島田，實在很無奈。簡直像牽掛著隔壁班心儀對象的國中生一樣。我用力踢了跟島田房間中間那道牆一腳。算了。以後別再管島田了，什麼都不想再想。反正他也不是我朋友。我本來不就是只想活在自己一個人的世界裡嗎？

吃完一個人的晚餐，實在熱到受不了，我決定乾脆睡覺。關掉燈，耳邊聽到不知哪裡傳來的電視機聲音。我幾乎是全裸狀態躺在床上，但是眼睛沒閉上，還是睡不著。電風扇發出規則的唧唧聲。蚊子在面前飛來飛去。我猶豫著該不該點蚊香，但又懶得爬起來。不知不覺也就睡著了。

突然一聲低鳴，房間劇烈搖動把我驚醒。地震。我急忙跳起來，先雙手按住廚房電鍋，怕它從爐台邊掉下來。搖晃變得更加劇烈，放在架上的骨灰罐掉到地上，哐噹一聲。

「哇！」

白布包著的骨灰罐掉到地上。劇烈的搖動讓我有一陣子不敢動彈，終於等到搖晃平息。我把扶著的電鍋放回原位，走近掉下的骨灰罐。攤開白布，摔破的骨灰罐碎片跟灰色骨頭夾雜在一起。我盯著它們發愣。看看附近，我想起冰箱裡的極品鹽漬陶甕。我把裡面的鹽漬魷魚拿出來移到其他容器。把陶甕洗乾淨，用布巾仔細擦乾。用手撿起骨灰罐碎片放在報紙上，再把散落四處的遺骨集中在白布上，重新放到陶甕裡。所有骨頭都放進陶甕裡後，我才終於鬆了一口氣。再次盯著陶甕裡的遺骨。七七四十九日早就已經過了，得盡快想個辦法才行。

這時我腦中突然掠過一個男性寬大的背影。那個人的汗水從後髮際滴下，沾溼了T恤背後。那是一個類似現在的盛夏。我坐在那個人騎的自行車後座上。自行車搖搖擺擺，我緊抓著汗濕的T恤。結果那個人抓住我的手，環在他自己的腰上。

說不定那就是父親的背影？我拚命回想當時那隻手的觸感。那隻用力握住我手的大手。那一天，那個可能是父親的人跟我，騎著自行車要去哪裡呢？

下個休假日，我再次搭上三個小時的長程巴士，拜訪在火葬場送父親最後一程的市公所職員堤下。當然沒有事先聯絡就突然出現是我不對，堤下不在公所。聽說他因公現在人在火葬場。我問了接待我的人怎麼去火葬場後，就直接前往。我在第一次來到的火葬場中徘徊，尋找堤下。不經意瞥見的火葬爐前，看到許多遺屬圍著剛燒完的遺骨，抽抽噎噎地兩人一組用筷子一個一個夾起遺骨。另外一個火葬爐上貼著寫有「無名氏」的紙條，堤下在爐前跟上次見面時一樣站得直挺挺的，正仔細地把剛燒完的遺骨放進骨灰罐中。他身穿整齊的黑色西裝，也慎重繫上黑色領帶。面無表情平靜執行著業務的樣子，是他對故人單純的敬意，這種試圖守護尊嚴的真誠，在我眼裡神聖又美麗。這個不明身份死去就被火葬的無名氏，也有他的臉、他的名字、他的生活。就跟我的父親和那些河邊的街友大叔一樣。

我在等候室的沙發上等待，「久等了！」工作結束的堤下出現，打了聲招呼。我站起來跟他打了聲招呼。

「不好意思，工作時打擾你。」

「不會。」堤下在我對面坐下。我再次問他。

「有件事我實在很想請教你。」

「請說。」

「我父親是自殺的嗎？」

堤下稍微抬了抬眉毛，深吸一口氣。

「我打了父親留下的手機最後通話紀錄的號碼，發現是生命線。所以我猜他是不是想死。」

「是嗎？」

堤下慢慢點點頭。

「他可能有求死的念頭，這一點我們無法否定。」

我抬起頭看著堤下。堤下平靜地繼續說。

「畢竟是孤獨死，平時沒有人去拜訪他，也沒有聊天的對象。很長一段時間房間裡只有電視的聲音，就他一個人……。」

我試著想像這狀況，安靜了片刻，堤下泰然地說。

「但我覺得令尊很可能不是自殺。」

「啊？」

「怎麼樣？要不要一起去看看令尊最後住的地方？」

從火葬場搭堤下的車，前往父親住的公寓。我們在車裡一言不發。脫掉西裝外套後，堤下的襯衫燙得硬挺，雪白的領口一絲污垢都沒有。車裡有堤下造型髮品的味道。

停下車走了一會兒。經過小學旁邊的小巷，來到幾棟公寓並立的老社區。繞到面對社區南邊的陽台前，眼前是一片墓地。看看陽台，有的晾著衣服、有的放了盆栽，一眼就可以看出哪個房間有人住。四層樓高的社區，這十幾間房間中空屋相當明顯，好像只有四、五間有人住。堤下說，這裡已經決定要拆除，再過幾個月剩下的住戶也得慢慢離開。堤下仰頭看著二樓某扇窗，指著說道。

「令尊的遺體就是在那裡發現的。」

陽台上的室外機上方擺著幾個小盆栽，植物的葉子都已經枯萎。大概剛好遇到放學後的回家時間，小學那邊孩子們熱鬧的聲音乘風傳了過來。我看著父親住過房間的窗戶。堤下說。

「因為工作的關係，我送過很多死於不同狀況的人。聽說大部分孤獨死的人都會朝房門的方向倒下。他們不知道該怎麼面對突如其來的死，試圖擺脫痛苦，下意識地想從房門逃出去。不過自殺的人遺體多半會朝向房間內側。聽說，令尊的情況不屬於任何一種。他的房間相較之下整理得算整齊乾淨，就像您看到的，他還在陽台上種了植物，一定用心地過著生活吧。」

窗戶前泛黃的蕾絲窗簾拉開了一半。一根褪色的晾衣竿兩端用塑膠繩綁在金屬上固定。綻出細絲的塑膠繩尾端在風中微微飄動。堤下繼續說道。

「警察通知我們關於令尊遺體的事時，我問了死亡狀況。令尊當時面對窗戶坐著，大概是因為突發的心臟衰竭之類的疾病，胸口疼痛，就這樣倒下。旁邊桌上的杯子裡放了還沒喝完的牛奶。他只穿了內褲，赤裸著上半身。應該是剛洗完澡吧。」

聽到堤下這些描述我忍不住笑了。堤下一臉好奇地看著我。

「啊，抱歉。」

洗完澡的牛奶……，而且還打赤膊。笑意一直止不住，我說道。

「他果然是我爸。」

「啊？」

「我從小就沒見過他，也不知道他究竟是不是我父親。但是他死了之後，我接到通知要我來領取遺骨，我不知道該怎麼辦，煩惱了一陣子。領回去之後其實還是一樣不知道該怎麼辦。不過他果然是我爸。」

怎麼只像到這些奇怪的地方。只繼承了這種奇怪的地方，這種超級沒意義的地方。

「這樣嗎。」

堤下安心地靜靜微笑。

看著那扇窗，我彷彿看到了父親坐在窗邊眺望傍晚的天空，打赤膊暢快喝著牛奶的身影。

在回程巴士上，一個念頭閃過腦海，父親之所以頻頻打電話去生命線，或許不是因為想自殺，只是對那個女人的聲音產生了些微愛戀吧。或許聆聽那個聲音就是父親小小的生活寄託。想著想著，我莫名覺得真是荒謬。那我的生活寄託是什麼？

胡思亂想的結果，腦子裡冒出佳代子的身影。我想要見證那孩子順利跟外星人交流的一幕。我也想再聽一次洋一的口風琴。不過這種事可以算是生活寄託嗎？是又怎麼樣。島田也說過，只要能在這每一件小小的事情上感受到幸福就行了。我的父親一定也是每天在類似的微小事情上感受著喜怒哀樂吧。洗完澡後在可以聽見小學生聲音的陽台上，替小盆栽澆水一邊赤裸著上半身喝牛奶，他在這些微小事物上感受生命的喜悅，想好好地過著自己的小日子吧。不管再有錢、再知名的人，也不可能每天都有特別的大活動，天天體會到深刻的感動吧。但是人人都可能因為日常中的小小事件或哭或笑。如果是這樣，假如父親現在還活著，誰又能武斷地說他未來的人生中不可能發生什麼好事呢。還有，我的人生不也一樣嗎？

巴士開始過橋，看到河了。一想到回到這個小鎮就覺得安心。又可以在自己房間吃飯了，光是這樣我就很滿足了。我已經不想再當自怨自艾的人了。

下了巴士，去便利商店買一盒菸。回程繞到河邊找齊藤先生。很快就發現綠色T恤。齊藤先生站在樹下盯著河底看。我悄悄接近，對他遞出菸盒。齊藤先生咧著大嘴笑著接過香菸。他沒有牙。拿出一根香菸，從褲子口袋取出打火機點火。津津有味地吸了一口後，用老練的手勢將菸盒捲在T恤袖子上，齊藤先生繼續凝望著河底。

「您在研究什麼？」聽到我的問題他木然地回答：「花鰍。」

一朵粉紅色的雲慢慢飄過公寓屋頂上。風變涼了一點。夏天快結束了。南小姐拿著水管對花壇灑水。南小姐發現我回來也沒笑，只是輕輕點了個頭打招呼。跟平時一樣的撲克臉讓我很安心。南小姐沒說話，高舉著水管前端，驕傲地看著我的臉。我看到水滴落地的地方出現一個小小的彩虹。「哇！」忍不住高聲驚嘆。這反應讓她噗哧一笑。真丟臉。

「最近沒見到岡本太太嗎？」南小姐問，我搖搖頭，她嘟起嘴：「是喔……。」

南小姐關掉水管的水，看著染成朱紅色的天空嘆了一口氣，輕聲念誦。

「剎那，呾剎那，臘縛，牟呼栗多。」

「什麼？」

「岡本太太每次像這樣看著天空時，就會大口吐著煙說著這句話。」

南小姐繼續看著天空，做出深深吸了口香菸的動作。她吐出一口氣，說道。

「我還以為山田先生不會再回來了。」

「為什麼？」

「就是有這種感覺。」

我無法直視南小姐在夕陽照映下的臉，低下了頭。

「除了這裡，我也沒有其他地方能去。」

南小姐看著我，促狹地呵呵輕笑了起來。她抬頭看著粉紅色的天空，悠悠說起。

「我祖母開始不方便上下樓梯時，把這裡的一切都交給我，自己搬進了安養中心，那個時候我就站在這裡，跟岡本太太一起目送她搭上計程車離開。看著她走，讓我覺得寂寞得不得了。當時跟岡本太太一起抬頭看到的天空，是美到驚人的紫色。岡本太太抽著香菸，慢慢吐出煙，她說這紫色出現、消失的時間當中，有人降生，也有人死去。」

我聽著南小姐的話，仰望天空。感覺好像岡本太太就在我身邊。南小姐繼續說。

「岡本太太呼出的煙被紫色天空吸了進去，我看著漸漸消失的煙，然後當時身體還很健康的先生就在這片紫色裡喊了聲『我回來了』。那個瞬間，我打從骨子裡覺得很幸福。」

南小姐用力閉上眼睛，雙手交叉在身前緊抱住自己身體，把身體縮得很小。接著她放鬆了身體，看著被染紅的公寓大門。

「於是我決定，不管發生什麼，都要好好愛惜從祖母手上繼承的這棟公寓。」

我好像也看見了被吸進天空的煙。我深怕一開口，南小姐看見的紫色就會消失，一直沒說話。

公寓裡聚集了這麼多脫離社會常軌的人，南小姐每天把這裡打掃得乾乾淨淨，整理庭院，用心地生活。在那之後，她似乎再也沒有看過那麼美的紫色天空。

十年後實在太久遠，我完全沒概念。五年或者一年後，我也不確定自己會變成什麼樣子。就連明天都讓我覺得不安。可是，總之今天這一天我會去剖魷魚。像這樣一天一天持續同樣的工作，也許總有一天我會知道社長所謂「腳踏實地努力」的意義吧。不，也有可能到死都不能體會。中島太太依然在我斜對面緊抿著嘴角，如常平靜地工作。割傷的左指傷口已經癒合結痂。在不變的每天當中，我的傷確實痊癒了。不變的東西當中，也有些東西一點一滴在改變。中島太太臉上刻畫的皺紋一天天變深，我也年歲漸長。社長走過來，看到我的動作後安心地點點頭，對我說：「很認真嘛。」跟平時一樣用力拍了拍我的肩。有時候會覺得他煩、太過熱情。可是偶爾可以收到的鹽漬很好吃，更重要的是，我現在工作速度比以前快多了。

回到公寓確認了一下郵箱，看到佳代子坐在樓梯下。佳代子雙手抱著金魚缸。我一走近她就用求助般的眼神看著我。金魚缸裡飄著死掉的金魚。我猶豫著不知該怎麼做，先在佳代子旁邊坐下。我們兩個人什麼也沒說，就這樣盯著死掉的金魚。這種時候該向對方說些什麼才好，我絲毫沒有頭緒。之後溝口父子也回來了。洋一衝到佳代子面前。洋一也靜靜地盯著死去的金魚。在水中裊然款擺著美麗紅色尾巴、自在悠游的金魚，一旦死了之後肚腹朝天，上上下下漂浮著，變成單純的物質。人或動物或者所有生物，當失去靈魂之後，瞬間就會變成單純的物質。假如不眼睜睜看到這種殘酷的宣告，是不是就遲遲不肯死心呢？我想起父親的遺骨。

我跟佳代子還有溝口父子一起來到河岸邊的垃圾山。儘管金魚缸裡的水咕咚咕咚地搖晃著，但依然可以從佳代子堅定的腳步中，感受到她絕不會弄翻的強大意志。洋一很快就從垃圾山裡找到一把舊鏟子，在附近挖起了洞。挖到夠深之後，洋一看了看佳代子的臉。佳代子慢慢傾斜金魚缸，把金魚連同水一起倒進洞裡。水被土吸進去，漸漸消失，只留下金魚躺在洞裡。佳代子一直看著金魚，雙手在屁股旁邊擺呀擺。佳代子的眼睛裡撲簌簌地掉下大顆大顆的淚水。她顫動著小小的肩膀，哽咽不止。洋一輕輕把手放在佳代子的肩膀上。等到她哭到一個段落，佳代子抓起地上的土，灑在金魚身上。洋一又從垃圾山裡找來一塊適合的木片，立在埋金魚的地方。溝口先生凝望天空，靜靜地說。

「金魚在天上游泳，看到了嗎？」

佳代子看了看溝口先生。

「我聽朋友說過，那個人小時候看過在天空中游泳的金魚。一直盯著看，發現金魚在空中輕飄飄地浮游一陣子，然後往天空游過去……那個朋友看到了這種金魚。過了很久之後，他深信那一定是死去生物的靈魂。一點也不用懷疑。」

我很震驚，這故事我聽過，但是我沒說話。溝口先生繼續說。

「死去生物的靈魂正在空中游泳。看，妳看到了嗎？」

佳代子呆呆地望著天空，就好像眼前是一片金魚在空中游泳的世界。溝口父子跟我也都盯著天空。我想起南小姐轉述的岡本太太那些話。這紫色出現、消失的時間當中，有人降生，也有人死去。短短的時間當中，存在著生命的起始和終結。靈魂在天空中泅泳，最後會消失在天空中嗎？

突然，壞掉的公共電話響了。大家都很驚訝地望向電話。洋一急忙跑到電話前，慢慢拿起話筒。洋一把話筒抵在耳邊，就這樣仰望著天空，慢悠悠地將食指朝上。抬頭看看洋一手指的前方，天空上飄著一個不知該說是看似外星人的魷魚，還是長成魷魚樣子的外星人形狀巨大氣球。這個不知道是魷魚還是外星人的東西，臉上帶著滑稽的表情，在風吹動之下好幾隻腳都往奇怪的方向彎曲，呈現出非常不堪的姿勢。

「那什麼？」溝口先生忍不住笑出來。我也被他傳染，笑了起來。我們兩個大人指著巨大外星人笑著，但佳代子卻神情嚴肅地急忙拿起跳繩的繩子，從垃圾山對著漂浮在天空中的外星人用力揮動。洋一也趕緊站到佳代子身邊開始吹口風琴。他們認真地在嘗試跟外星人交流。

這時，堤防上方傳來一聲怒吼。

「帶我走！」

抬頭一看，島田正在堤防上雙手圍在嘴角大叫。

「帶我走！」

島田奮力到整張臉都扭曲漲紅，然後又叫了一次後，右手朝外星人高高舉起，搖晃著他龐大的身體衝下堤防的陡坡，衝到途中絆倒跌在地上。我第一次看到這樣的島田，震驚到呆站著說不出話。佳代子和溝口父子也都無語地看著島田。佳代子的跳繩無力地垂在地面。島田好一會兒都沒爬起來，一直躺在地上。我往前跨出一步想走近他身邊。這時溝口先生忽然伸出手擋在我面前制止了我。島田終於抬起頭，盯著天空上慢慢飄遠的外星人，開始放聲大哭。島田一邊哭一邊雙手握拳用力捶打自己的頭。看島田這樣大哭著毆打自己，我覺得好悲哀，心臟很痛。

洗澡時還是聽得見風聲。面對室外的浴室玻璃窗偶爾會喀噠喀噠地搖晃。洗澡之前我先煮了飯。味噌湯也煮好了。冰箱裡有牛奶。聽到玄關的開門聲。

「你好啊。」

是島田。聲音聽起來有點客氣。感覺到他磨磨蹭蹭走進房間的聲響。我沒回話，泡在浴缸裡安靜沒發出聲音。

「阿山，你在洗澡嗎？」

好久沒在這個房間聽到島田的聲音了。明明沒過多久，卻覺得很叫人懷念。島田走近浴室。我屏息靜氣。

「上次的地震還滿大的呢。幸好地震的時候我沒在晴空塔上，真是超幸運的……不過聽說晴空塔是世界第二高，很微妙吧。」

島田說起一些無關緊要的話。看我安靜沒說話，島田繼續往下說。

「不過比起這個，我更好奇的是，佳代子為什麼一天到晚要把跳繩的繩子那樣轉個不停。但我可不會問。要是一下子知道答案就不好玩了嘛。」

我知道答案。這些無聊的話題，島田到底要講到什麼時候？是為了掩飾自己的尷尬嗎？我繼續保持無言。島田清了清嗓子。

「……上次不好意思啊。明明我自己也有不想提起的過去。」

他說得一派輕鬆，但是低沉的聲音裡卻帶著濃重的濕氣。我還是保持著沉默。隔著玻璃可以看到島田躁動不安的身影。

「阿山啊，你倒是說說話啊。其實你搬來我隔壁，我真的很開心。像我這種人，大部分人都會看不起我，根本沒人會理我，可是你卻願意跟我當朋友，跟我一起吃飯。」

在浴室前侷促不安說著話的島田，看起來很好笑，我忍不住快要笑出來，連忙用手摀住嘴。島田繼續說。

「我腦子不好，被很多人騙過。也被騙走過很多錢。所以一聽到你的事，我就有點害怕。」

我屏住氣息，靜靜聽著。

「我呢，如果在自己死掉的時候，至少有一個人會覺得難過，就覺得這樣就夠了。你不覺得這是很幸福的事嗎？阿山啊，我死掉的話，你會覺得難過嗎？」

島田用撒嬌似的甜膩聲音這麼說。從我這邊可以看到，他用手指在毛玻璃門上寫了好幾個「山」字。我實在忍不住，終於噗哧一聲笑了出來。

「阿山？」島田聽到我的聲音。

我笑著輕聲說：「真是服了你……。」

「啊？你在說什麼啊？阿山？」

我發聲笑了出來。真是太好笑、太好笑，我眼淚都流出來了。一邊笑著一邊用浴池裡的熱水把流出來的眼淚跟鼻水嘩啦嘩啦沖掉。島田還在自顧自地講。

「吃飯的時候，比起一個人吃，還是跟人一起會覺得比較好吃吧。」

大概是聽到了我的笑聲吧，島田的聲音不再緊張，變得柔軟了幾分。

「我以為你不會原諒我，所以最近只好一直忍著，不敢過來跟你一起吃飯，現在都瘦了呢。」

什麼？原來你在忍耐？我聽了就更想笑了。島田真是個很厚臉皮的傢伙。厚臉皮、愛管閒事、一事無成、不中用、個性纖細、溫暖又很有人味。島田死掉的時候我會覺得難過嗎？可能會吧。一定會難過的。我止不住笑聲，終於回答了島田。

「你先吃吧。」

「是嗎？謝啦！」

島田的聲音頓時變得開朗。我聽到島田走向廚房的聲音。不久後我聽到島田的叫聲。

「哇啊啊啊！糟糕了！阿山！」

島田衝過來，急忙打開浴室門。

「阿山！鹽漬呢！極品呢？」

島田手上拿著極品鹽漬的陶甕。

「那是我爸的骨頭。」

「不會吧，我差點要倒到飯上面耶！」

看到氣鼓鼓的島田，我已經笑到肚子痛，眼淚都流出來了。島田也被我傳染笑了起來。兩人一起大聲笑。盡情笑了一場後，島田輕聲說。

「阿山，颱風要來了喔。」

強風把窗戶吹得喀噠喀噠響。

敲打般的雨點聲聲震耳。吃完飯後島田還繼續待在我房間沒離開，他寬大的背緊靠在我房間一角的牆壁上，環抱著自己的膝頭顯得很害怕。陣陣吹來的風聲聽來就像動物躁動的聲音。敲門聲響起，南小姐身穿雨衣出現。

「山田先生，來幫我一下。」

她臉上帶著前所未有的凝重表情。來到外面，南小姐遞給我一件雨衣。溝口先生全身被淋得濕透，正在公寓周圍堆著沙包。公寓附近已經積了不小的水窪。我跟南小姐和溝口先生一起堆沙包。佳代子和洋一好像一起待在二樓南小姐的房間。不久後穿著全黑外套的小元也來了，他什麼也沒說，默默開始幫忙。斗大的雨滴打得身體很痛，雨衣一點用都沒有，我瞬間就全身濕淋淋。

刺痛身體的大雨傾瀉，讓我想起第一次來到這個小鎮的時候。當時我應該很想體會這種瀕臨邊緣的感覺。既然選擇住在河邊，我應該期待有一天可能會遭遇災害。但是我現在卻拚命堆著沙包，努力想避免水淹進公寓。要是這個地方沒了，我就沒有其他地方可去了。這種不安的心情，我想島田和溝口父子一定也一樣。我們都是被這個世界遺忘的人。但這也無所謂，不管是花壇、橘子樹、生鏽的郵箱、後院的菜園、雙槽洗衣機，這座木造公寓的一切在我眼裡都是那麼可愛。南小姐從祖母手上繼承的珍貴公寓，我發自內心想要好好守護下來。

小元告訴我跟溝口先生，假如發布避難勸告，要我們馬上帶大家到他的寺廟去，然後在豪雨中颯爽離去。在風中翻飛的全黑外套讓小元的背影看來格外英勇。我們暫且先回到自己房間，約定好萬一有什麼狀況，就立刻到南小姐房間集合。我回到自己房間，用毛巾先擦乾濕透的身體後換了衣服。島田瑟縮在房間角落，用雙手摀著耳朵。雨聲就像大量石頭從旁邊敲向牆壁一樣，聲音非常激烈。下個瞬間房間停電了。島田「咿！」地慘叫了一聲。停電了。看到抖個不停的島田，我開始大聲朗誦起自己專屬的特別咒語。

「七九六十三、七八五十六、七七四十九、七六四十二……。」

「阿山，你在唸什麼？」黑暗中已經快哭出來的島田問道。

「這是抑制恐懼的秘訣。九九乘法表七的那一行從後面開始大聲念。這很有效喔。你也試試看。」我告訴他，「啊，七那一行？」島田也慢慢開始背誦。

「是嗎，七九……、六十三，七八、五十四。」島田馬上就唸錯了。

「不對！」我打斷他。

「不行啦，七這一行最難了啊，而且還要反過來，怎麼可能啦。」

我笑了，在漆黑的房間裡想起小時候的自己。

「以前我媽沒回家的日子，我一個人嚇到睡不著，就會用棉被蓋住頭，大聲背好幾次。然後慢慢就不覺得害怕，不知不覺就睡著了。」

島田安靜聽我說話，沒有開口。外面吹起宛如巨人低吼的狂風。島田悠悠開口。

「不然不要反過來，我也背得出來啊。」

我靜靜地笑了。島田猛一起身，在房間裡走來走去開始大聲地唸，試著排解他的恐懼。

「七九六十三、七八、那個、那個、五十四……七……。」

「不對！」我立刻糾正他。整個晚上島田無數次嘗試反過來背誦七這一行，我則在他每次背錯時出聲糾正他。當風雨平息，他也終於能毫無錯誤地背到最後。

太陽光叫醒了我們。窗外很明亮。我發現島田緊抱著我的腳睡著了，用力抽出腳把他甩開。打開窗，外面是一片藍天。水從屋頂上滴下來。院子裡的菜園泡著水，滿是泥濘，地面掉了一堆被風雨打壞的蔬菜。

我想起那些住在河邊的人。他們沒事吧？齊藤先生現在怎麼樣了？不知什麼時候也醒了的島田站在我身邊，望著庭院說。

「你是不是在想河邊那些人？」

我慢慢點頭。

「可能有人被沖走吧。」

一股涼意竄過全身，我乾嚥了一口口水。

「……看到那些人，有時候我會覺得很安心。至少還有人比我慘。」

島田用力吸飽了屋外的空氣，然後慢慢吐出來，這麼說道。

「到底哪裡才是谷底，可能每個人的想法都不一樣。不過對我來說那條界線又更加模糊。」

或許從一開始就不存在所謂的界線。無論是河邊那些人，或者是島田、我，都有各自的生活，我們都活在自己的日子裡。我想起父親。這時候我才第一次對父親的死有了真實感受。一想到他已經不在這個世界上，全身就因為悲傷的情緒而發麻。

「我現在一想到那些無名死去的人，就覺得很難過。」

每到颱風天，河水就有可能氾濫。住在河邊這附近，日常總是受到威脅。至少會面臨一些不同於日常的瞬間。他們單純的生存總是受到威脅，總是在體會瀕臨邊緣的滋味。

抱著裝了遺骨的鹽漬陶甕，我一個人來到河岸邊。街友們的藍色防水布小屋無一倖免，都被吹得東倒西歪。有人在樹跟樹之間拉起繩索，正在晾曬濕掉的衣服。我盯著他看了半晌。我坐在草地上，攤開帶來的報紙，從陶甕裡倒出遺骨。拿起附近的大石頭，用力敲碎遺骨。骨頭變得粉碎。我用盡力氣砸下石頭，把骨頭敲得粉碎。大致敲完一遍後停下手，覺得有點喘。我察覺到有人在看我，抬頭一看，是南小姐。南小姐的裙擺翩翩飛舞，往我這裡走近，她盯著變成粉末的骨頭說。

「砸碎了呢。」

「對啊，砸碎了。」

南小姐蹲在我身邊，不假思索地伸手去抓變成粉末的骨頭。白色粉末從她握起的手中刷刷落下。

「不覺得噁心嗎？」

我問。南小姐搖搖頭。

「不會啊。這本來也是人不是嗎？」

看著從南小姐手中滑落的白色骨粉，我反射性地開口說道。

「高中二年級的時候，我被我媽拋棄了。之後為了填飽肚子我做了很多壞事，人家跟我說有好差事我就去，一回神，人已經進了監獄。我一直覺得，像我這種人為什麼要活在這個世界上？可是出獄之後，入住的公寓隔壁有個奇怪的鄰居。那個人又厚臉皮又雞婆，總是擅自跑進我家浴室，又隨便吃我的飯，不過也不知道為什麼，跟那個人在一起的我，稍微能笑得出來。這怎麼可以？我怎麼能對生活有任何多餘的期待？我怎麼能笑。但是……我就是會忍不住笑出來。那個人很擅長找到小小的幸福。說不定他也得靠著這麼做才能活下去吧。但是……該怎麼說呢，我這種有前科的人、像我這種人，怎麼有資格去感受什麼小小的幸福……。」

眼淚不知道何時冒了出來。不斷不斷地流出來，怎麼也停不住。我無法抬頭，一直低著頭用襯衫袖口擦眼淚。然後南小姐將我的頭抱進她懷裡。

「當然可以啊。」

南小姐低聲篤定地這麼說。我很驚訝，什麼都說不出來。南小姐交抱的雙手更用力地擁著我的頭。我可以聽見南小姐心臟的聲音。我閉上眼睛，把頭的重量都交到南小姐懷中。

「幫你爸辦個喪禮吧。」

南小姐溫柔地摸摸我的頭，說道。我聞到她身上甘甜的香味。

從工廠回家的路上。夏天的暑氣好像也跟著颱風一起被吹跑了，開始吹起有點涼爽的風。熱到誇張的夏天終於結束。站在堤防上俯瞰河岸邊，佳代子正朝著天空不斷甩動著跳繩。我還聽見了口風琴的聲音。一定是洋一正在垃圾山上吹口風琴吧。

去付房租給南小姐後，下樓時剝開牛奶糖包裝紙，把她獎勵我的牛奶糖丟進嘴裡的瞬間，立刻聽到：「啊，真好真好。南小姐給你的？」

賊賊笑著的島田正在樓梯下雙槽洗衣機前投進洗衣劑。

「啊？」

「南小姐很好吧？是不是心很癢？很想被她誘惑吧？」

島田露出猥褻的笑。我不想跟這種時候的島田說話。冷淡地回他。

「嗯。」

「啊！阿山，你該不會小弟弟站起來了吧！」

島田故意大聲說，想讓南小姐聽到。這樣我更生氣。

「沒有啦。」

「一定有。」

「沒有。」

島田轉動洗衣機的旋鈕。洗衣機發出轟隆隆悠悠哉哉的旋轉聲開始震動。

「真好，可以拿到牛奶糖。我也好想要喔。」

島田跟旋轉的洗衣機一起搖頭晃腦。

「只要在指定的日子交房租就拿得到。」

島田看著我，咧嘴一笑。

「嗯，那不可能。」

否定得很乾脆。

我回到房間，把用牛奶糖包裝紙折的紙鶴放在層架上。同樣的紙鶴已經有三隻。我把上次放假去買回來的淡紫色窗簾裝在窗上。這顏色很像第一次見到南小姐時她穿的那條裙子顏色。裝好之後環視了房間一圈，現在更覺得這裡真的是自己的家，忍不住笑了。

那天接近黃昏時，夕陽開始把房間裡照得紅紅暖暖。我穿上溝口先生借我的鬆垮黑色西裝，繫上黑色領帶，從房間走出來。一股甜甜的香氣傳來，看看花壇，開了好多白花，我忍不住笑了。溝口父子也穿著跟平時一樣的同款黑色西裝從樓上下來。我們靜靜地對彼此輕輕點頭。溝口父子好像也發現了白花，我們一起站在花壇前，享受著白花的甘甜香氣。溝口先生深深吸了一口氣後仰望天空。然後慢悠悠低吟道。

「剎那，咀剎那，臘縛，牟呼栗多。」

聽到這句話後我一驚，看著溝口先生。

「這是什麼意思？之前南小姐也說過一樣的話。」

溝口先生抬頭看著天空淡淡一笑，告訴我。

「以前岡本太太經常說這句話。這座公寓之前原本不叫這個名字，南小姐的先生過世之後才換成現在的名字。『牟呼栗多』公寓。我也不是很懂，我猜，可能是指像今天這樣，這種感覺的天空顏色，誕生又消逝，這樣的時間流動吧。」

河畔的牟呼栗多。誕生又消失的時間流動。我望著被染成淡淡粉色的天空。

南小姐牽著佳代子的手，「久等了。」淡紫色長裙的裙擺翻飛著下樓。南小姐在花壇前撩起裙子，用帶來的剪刀剪下幾株白花，三兩下就做出一束捧花。溝口先生敲敲島田的房門，島田不安地從房間走出來，撒嬌般地說：「我不會打領帶啦，南小姐，幫我打～」島田脖子上掛著領帶，垂在白色T恤前。溝口先生說：「我來吧。」抓起島田的黑領帶俐落地幫他繫好。島田噘起嘴啐了一聲。我跟南小姐看到他這樣都笑了。

我們一起走到堤防邊，太陽還沒下山，身穿袈裟手持木魚的小元已經在堤防上等我們。夕暮時分的堤防，被倒映的夕陽染成橘紅色的河水緩慢流動。「牟呼栗多」

的住戶跟小元在堤防上排成一列。我們的隊伍搭配著洋一演奏的口風琴旋律慢慢移動。南小姐捧著白色花束，島田敲響小元的木魚，佳代子把跳繩往天空揮舞旋轉，溝口先生拿著銘旌，小元單手拿著念珠嘴裡唸誦經文。我跟在大家身後，抱著鹽漬陶甕走著。

今天這一天即將結束的時間。為什麼即將結束時，天空總是有這麼美的顏色呢？終將結束的生，終將結束的死。

牟呼栗多。我心想，現在這個瞬間，有某個人誕生，也有某個人死去。

手放進甕中，抓著一把化為粉末的遺骨，在眼前慢慢鬆開掌心，骨粉乘著風瞬間飛向天空。我跟這群不久之前還是陌生人的人們，一起送走不久之前連他的存在都不知道的父親。

父親的弔唁。

白色骨粉從我掌心中散去，在空中飛舞，灑落在送葬行列上的粉末，在紫色光芒的照耀下閃閃發光。太陽漸漸西沉。我想繼續跟大家在堤防上再走一會兒。

後記

河畔的牟呼栗多註。河畔的牟呼栗多。

寫下這本小說，是因為我想拍電影想拍得不得了，但是卻怎麼也拍不了，讓我懊悔不甘到難以成眠，帶著這種懊悔得不得了的心情開始提筆。

我骨子裡是個百分之百的電影人。寫了這本小說之後如願能拍電影。很慶幸自己寫了這本書。

無法拍電影的痛苦時間，說不定也都是牟呼栗多般的時間吧。當然也可能是我自己牽強的解釋。

註　日文原書名直譯為《河畔的牟呼栗多》。牟呼栗多是佛教經典中記載的一種時間單位，一日的三十分之一＝四十八分鐘。作者荻上直子選擇這個詞，是認為可以表現出從白天到夜晚、生與死之間的時間，沒有明確界線、延續中的「邊界」感覺。

「拍不了電影的不甘，讓我開始提筆寫小說」

電影導演　荻上直子×攝影師　川內倫子　對談

（二〇一九年六月二十九日青山圖書中心）

受到川內倫子小姐作品中的虛幻所吸引

荻上　這次寫小說時被問到，對裝幀有什麼想法。我很喜歡川內小姐攝影作品中，明明被攝體都是近在身邊的東西，但一經川內小姐之手就會帶有一種虛幻感，而且這種虛幻還會直接連結到死亡。這本小說的內容就是以「生與死的界線」作為主題，所以我就拜託編輯，儘管機會不大，但能不能問問川內小姐？沒想到您也二話不說爽快接受了，真是太感謝了。

川內　我在荻上導演的作品中感受到很多共鳴。所以接到裝幀工作委託，開始讀小說時，我是一個晚上一口氣讀完的。不只是您剛剛提到的「虛幻」，我發現小說裡有許多話語，都是我拍攝作品時腦中會想到的事，感覺非常貼近自己。能夠這麼自然地接下這個案子，我也覺得很開心。

荻上 看川內小姐的作品時經常會覺得震驚，「原來人類的死亡無處不在」。人會老，也終歸一死。我們不應該逃避現實、視而不見，或者太過執著於青春。

川內 我們都是擁有肉體、容易毀壞的存在。正視這一點反而可以更看清自己。我覺得荻上導演的小說裡，也有透過關注虐待、孤獨死這些痛苦反過來發現自己的部分。這一點或許跟我的作品沒有太大不同。另外，小說標題提到了「河畔」，喜歡河岸邊也是我們的共通點呢。我現在就住在河邊，以前獨居時住了十年的家，還有小時候住過的房子，也都在河邊。

拍不了電影的不甘，讓我開始提筆寫小說

川內 這次為什麼會想寫小說？

荻上 其實我原本寫的是劇本。預計去年六月開拍，但是因為選角等等過程不是很順利，只好延期。我因為太不甘心，大概有三天時間都睡不好，到了第四天我開始寫小說。

川內 原來是這樣啊。有時候憤怒也會成為一種動機呢。

荻上 結果可以像這樣出版，也不錯啦。

川內 要是可以拍成電影就好了。

荻上 我真的覺得要是能拍就好了。請大家務必多多幫忙（笑）。

川內 虐待或者孤獨死都是十分敏感的問題，要寫這些題材需要不小的勇氣。這本小說裡描寫了平凡的日常之美，同時這個問題形成一種世界觀，將我們所生活的社會描繪為自然當中的某一種元素，彼此相連。我感覺到被包裹在一種描寫殘酷和美麗之間的平衡視線，覺得很精彩。

荻上 真的嗎？真是太開心了。

川內 荻上導演的電影從早期作品起，一直都有很多生活艱難的角色出現呢。可是不管看完哪一部作品，之後都能感到一種釋放，我覺得這真的很棒。電影在製作階段會牽涉到許多人不是嗎？所以我猜想或許很難把導演自己的想法或者個性呈現出來，像您這樣持續產出具備明顯個性的作品，我覺得在日本電影界裡應該是很罕見的存在吧。

荻上 聽到妳這麼說真是太開心了，謝謝。每次拍片都得跟很多人吵架（笑）。所以我才會這麼難獲得拍電影的機會。而這種不甘心就成了這次的小說。

川內 真是太可惜了。電影這個產業還得考慮預算等等問題，一定很不容易，還是希望您能多多拍片。

「拍攝」是拍電影過程中最不喜歡的階段

荻上 其實我們都一樣是一九七二年出生。我有一對七歲的雙胞胎女兒，在一邊工作同時高齡生下女兒這一點，我們也很像呢。川內小姐生產後作品風格有什麼改變嗎？

川內 完全沒有。年齡上體力已經不如從前，因為家事和育兒能運用的時間也很有限，時間的安排確實變得很困難。不過現在我女兒終於三歲了，之前想去而不能去的地方現在也終於可以成行。

荻上 我覺得自己有很明顯的變化。好像看事情開始很常出現母親的視角。

川內 確實。最新作品裡出現了小女孩，這次的小說裡也是。

荻上 不管是好是壞，都會放進母親這個角色。

川內 感覺您描寫的是身處於相當複雜環境中的母女。這部分有您自己的投射嗎？

荻上 這倒沒有。我是一個好好在父母疼愛中長大的孩子（笑）。

川內 我拍片的時候很難保有自我。獨自寫劇本時可以維持我的生活，也可以進入自己的世界，所以我很喜歡這個階段。但是進入拍攝階段後就得跟許多人扯上關係，所以其實在拍片過程中我最不喜歡的就是拍攝。

川內 好意外喔。為什麼這麼討厭呢？

荻上 我本來就是沒有朋友也沒關係的人。不太擅長跟人相處。拍攝期間每天都在數「還有幾天」。可能不太適合當電影導演吧（笑）。

川內 剛當上電影導演時有沒有擔心過，自己不太喜歡跟人相處，會不會有問題？

荻上 沒有耶。寫完劇本就很想拍拍看，如果遇到很棒的攝影師或燈光團隊，就可以拍出遠比自己想像更好的東西，我覺得這真是太有趣了……。工作二十多年來我拍過幾次廣告。自從拍了《海鷗食堂》，接到一些跟食品有關的廣告拍攝案，不過電影裡的食物看起來會那麼好吃，都要歸功於負責料理造型的飯島奈美小姐，並不是我的功勞，這件事客戶也會發現。所以這些案子通常只會接到一次……。

川內 哈哈哈！

荻上 也有可能是因為廣告在拍攝前就已經畫好了分鏡，我總是擺出一副「那照這樣拍就行了吧？」這種態度的關係吧。

川內 很可惜最近找我拍廣告的案子越來越少。我自己很喜歡拍廣告，但是有一段時期會覺得，拍太多廣告可能會影響到跟創作作品之間的平衡，有點擔心，所以刻意少接。雖然拍廣告也很好玩，但是曾經有一陣子想到要兼顧創作自己的作品，還有家庭這三者，覺得很難取得平衡，有點苦惱。

荻上 我曾經接過少女漫畫翻拍電影的委託。但總覺得一旦去拍了那種閃亮亮的電影，就再也回不來了。

川內 我懂我懂。很開心但是又很害怕。可能內心的恐懼也顯露出來了吧。拿捏平衡真的太難了。

Q、這次是您第一次寫小說，影像作品跟小說的差異在哪裡？

荻上 這次的小說源於不能拍電影的憤怒能量，一口氣花了兩個星期左右完成，但是給編輯看了之後他說：「這不是小說，只是稍微複雜一點的劇本而已。」

川內　喔，真的嗎？

荻上　編輯修改的幅度可不是在文章裡用紅字修改那種程度，他只給了一些大方向的指示，例如「總之這邊的細節不夠，請再增加一些描寫」。我依照編輯說的修改之後，他又會用紅筆寫上不同的新功課再丟回來。這樣來來回回好幾次，終於文章開始出現一般的紅字批注，編輯表示「總算像樣了一點」。

川內　也就是說他指出的不是局部性的問題，而是針對「整體方向」給的紅字，對嗎？

荻上　沒錯沒錯。之所以可以這麼深入地描寫人物，真的只有小說才辦得到。假如是電影，就算多做說明，也可以靠畫面來傳達，可是小說全部都得透過描寫來交代。在電影裡說明性的東西太多會顯得很笨拙，所以總是有許多言語沒說清楚的地方。

川內　我懂。編輯寫真集時最苦惱的就是「這樣是不是說得太清楚？」跟「但又不能太難懂」這中間的拿捏。一方面要保留適度的間隙和空間給讀者去閱讀，另一方面又希望透過編輯來呈現出我的視角，我很希望可以透過寫真集來表現這一點，但真的很難。

荻上 如果換作是電影就要仰賴優秀的剪接師。這樣說可能不太好，但是通常到最後的剪接階段得花將近兩年，老實說進入剪接階段時我通常已經膩了。當然我還是會跟剪接師提出自己的期望，可是腦袋裡已經在想下一個企畫了（笑）。

川內 是嗎！所以說一開始寫劇本的階段感覺很辛苦，其實這是你最喜歡的過程嗎？真是意外。

荻上 是很辛苦，不過我實在很難抗拒靈感降臨的那一瞬間。

Q、確定好設定之後是怎麼樣書寫的呢？荻上導演有沒有特定的寫法？

荻上 我自己確定開頭跟結尾後就會馬上開始寫。在這當中會發生什麼事我自己也不知道，感覺開始寫之後故事就漸漸成形。電影或者電視連續劇必須先寫故事情節。所謂故事情節必須比大綱更詳細一點，但是以我自己來說，寫到這個程度會覺得很無趣，因為好像就得依照這個情節來寫，自己限制了自己。所以我通常都更自由一點，只確定開頭跟結尾部分，接下來就自由自在地開始到處游了。

川內 原來如此。

荻上 這樣我會寫得比較開心。川內小姐創作寫真集時，會先確定主題嗎？

川內 我會思考當時自己感興趣的事，但是不太會確定主題後再開始。我會到「想拍點什麼」或者「這裡讓我有點好奇」這類地方去進行拍攝，假如覺得「拍到了不錯的東西」，就會繼續再拍下去。

荻上 所以並不是一開始就決定好的？

川內 對對對，不管什麼都好，覺得有點興趣總之就先拍拍看。然後試著思考「為什麼會拍？」比方說焚火燒山的照片，也不知道為什麼，我一直對燒山很感興趣。之前偶爾在夢裡出現類似草原的風景，心想「不知道是哪裡，好美啊。」結果大約過了半年，在電視上看到跟我夢裡一模一樣的景色，原來那是阿蘇。「夢裡的景色竟然真實存在！」我立刻上網搜尋阿蘇的相關資訊，出現了「焚火燒山」這個關鍵字。一旦開始行動，就會遇到很多這類巧合呢。

荻上 真有意思！有時候我會遇到靈感猛然從天而降的時刻。就是因為太有意思，所以儘管我不喜歡拍攝現場，還是會繼續。

川內 靈感通常會在什麼時候降臨？

荻上 我通常會在家庭式餐廳或咖啡廳，坐在剛打完網球的主婦們身邊，聽她們聊兩個小時左右的藤岡靛，一邊等待靈感降臨（笑）。另外看到自己完成的作品幾乎每次都會後悔，「早知道這裡應該改成這樣才對。」或許我心裡面一直有一股「下次一定要更完美」的想法。

川內 我每個工作結束時也都有種「未完成的完成」的感覺。

荻上 我很喜歡的小川洋子這位作家說過，「故事本就已經存在，我所做的只是去找出這些故事而已。」剛開始寫劇本的時候，會覺得「還得再寫多少頁，才能成為一個兩小時的作品。」感覺好漫長好難熬。可是一想到小川小姐這句話，我就會轉念，「雖然不知道在哪裡，但總有一天能找到，所以才需要花費現在這幾十個小時。」」。

川內 創作跟自己的人生共在，所以我總是想，假如可以來到下次想達到的目標附近就好了。雖然我可能並不知道那會是什麼樣的目標。

Q、兩位希望透過自己的作品傳達出什麼？

川內 經常有人問我這個問題，但是我不希望強迫給別人什麼，所以很少會明確地說出什麼訊息，只要大家可以從中感受到什麼，創作就有它的意義。

荻上 嗯嗯，確實如此。

川內 自己看了覺得很美的風景，一般都會很想跟人分享。現在社群網站很蓬勃，大家不是都會在ＩＧ上傳「今天吃的食物真好吃」之類的照片嗎？有時候也會是類似這樣很單純的理由。假如沒有想分享的心，大可不用發表。不過這時候想的不會是「要傳達什麼」，而是希望大家可以被某些東西觸動。不管是覺得「好漂亮」或者「這讓我想起小時候」都好，假如可以成為打動人心的契機，作品就有了價值……。

荻上 我懂我懂。

川內 最近資訊太過氾濫，大部分東西可能都只是匆匆看過就算了。在這當中能發現觸動內心的東西，我覺得很重要呢。

荻上 我也不太會去想「希望別人怎麼看」，我這個人很自我中心，總是任性地高聲主張自己想要的東西（笑）。不過電影上映時如果聽到大家的笑聲，就會莫名地開心。

川內 荻上導演的作品確實每次都會有好笑的場景呢。

荻上 我想那就是我的色彩。比起嚴肅的故事，我更希望加進一點幽默，逗大家發笑。不過如果太在意笑點就有可能失敗。另外還有一點很有趣，那就是笑神不見得每次都會降臨電影院，有時候會全場大爆笑，有時候連一點笑聲都沒有。

川內 喔？真有意思。

荻上 有時一有人笑，其他人就會跟著一起笑個不停，相反地，也會遇到讓我覺得「今天笑神去哪裡了？」的時候。外國觀眾反應特別大，轟然大笑時，像這種瞬間，我就會湧起「拍了這部作品真好」的想法。

首次刊登於網路雜誌《mi-mollet》
構成／川端里惠　採訪、撰文／山本奈緒子

荻上直子

1972 年生於千葉縣。電影導演、編劇。

千葉大學工學部影像工學科畢業。1994 年赴美，於南加州大學電影研究所學習電影製作。

2004 年以出道作《吉野理髮之家》榮獲柏林國際電影節兒童電影部門特別獎，2017 年以《當他們認真編織時》獲得日本首座柏林國際電影節泰迪熊評審特別獎等，獲獎多次。其他導演作品有《海鷗食堂》、《樂活俱樂部》、《吉貓出租》、《廁所》、《波紋》、《圓圈》等。著有《一隻叫社長的貓》、《河畔小日子》。

川內倫子

1972 年生於滋賀縣。攝影師。

成安女子短期大學（今成安造型大學）平面設計系畢業。

1997 年獲頒第九屆 3.3m² 展攝影首獎。2002 年以《うたたね（瞌睡）》和《花火（煙火）》獲得第二十七屆木村伊兵衛攝影獎。2009 年獲得紐約國際攝影中心第 25 屆 Infinity Award 藝術獎。2013 年獲得日本藝術選獎文部科學大臣新人賞。2023 年獲得 Sony 傑出貢獻攝影獎。

近作有攝影集《川內倫子：M/E 球体の上 無限の連なり（M/E 球體上的無限連續性）、《Des oiseaux（關於鳥類）》、《as it is》、隨筆集《そんなふう（像那樣）》等作品。

國家圖書館出版品預行編目 (CIP) 資料

河畔小日子 / 荻上直子作 ; 詹慕如譯 . --
初版 . -- 臺北市 : 光生出版 : 魔幻時刻有限公司發行 , 2025.02
208 面 ; 12.8 × 19 公分
譯自 : 川っぺリムコリッタ

ISBN 978-986-98924-6-9(平裝)

861.57　　114001507

河畔小日子

川っぺリムコリッタ

作者　荻上直子
譯者　詹慕如
封面攝影　川內倫子

出版策劃　蔡沂澄
主編　趙佩瑜
美術編輯　仲雅筠

出版　光生出版
發行　魔幻時刻有限公司
地址　105 台北市松山區民權東路三段 184 巷 1 號 7 樓
臉書專頁　光生出版 www.facebook.com/mitsuobooks

≪ KAWAPPERI MUKORITTA ≫
© Naoko Ogigami 2019
All rights reserved.
Original Japanese edition published by KODANSHA LTD.
Traditional Chinese publishing rights arranged with KODANSHA LTD.
through AMANN CO., LTD.
本書由日本講談社正式授權，版權所有，未經日本講談社書面同意，不得以任何方式作全面或局部翻印、仿製或轉載。

總經銷　聯合發行股份有限公司
地址　231 新北市新店區寶橋路 235 巷 6 弄 6 號 2 樓
電話　(02)2917-8022
傳真　(02)2915-8614

初版一刷　2025 年 2 月
定價　新台幣 380 元